絶望と希望の狭間にあるもの

春華　聖
Haruka Show

文芸社

あらすじ

全ては十年前に起こった「事故」から始まった。

警視庁主導で極秘裏に進められていた、ある研究。それは遺伝子を組み替えた生物を作り、人造警察官を作る事である。倉庫を改造した実験場で極々少数の人間がその研究に携わっていた。

だが、ある日、実験動物の中で最も知性と体力の高いモノ（ギバと名付けられたもの）が逃げ出した。実験室を壊滅させ、研究者はもちろん、警備していた警察官さえも殺害して逃走したのだった。

実験場の責任者であった五十嵐健三博士は、警視庁の人間、柳田誠一に呼び出され惨劇を目の当たりにする。恐ろしいモノを作り出したという恐怖を柳田に告げる。責任をとると言う五十嵐を、柳田は制し、警視庁は事故そのものをもみ消した。

その数日後、N県にてギバが引き起こしたと思われる事件が発生した。観光バスを襲い、乗客を嬲り殺すという惨劇を繰り広げたのだ。ヒトの仕業とは思えぬ歯型を残して……全員死亡したものと考えられたが、たったひとりの少年が生き残る。史上最悪のバス事故とされたが、正体不明の生物に襲われた事は伏せられた。

十年後。

バス事故の生き残りである田村隼人は大学生となり、警察官である兄、田村直人とともに生活していた。事故のショックで全ての記憶を失った隼人は、兄の献身的な介護のおかげで普通の生活を取り戻した。大学では成績もよく、研究論文が認められ、大学の名誉教授でもある五十嵐健三博士の目にとまり、彼のラボで在学中の身でありながらも働く事となった。

兄・直人は同僚の刑事、太刀川とともに謎の連続殺人事件に携わる事となる。ヒトによって引き起こされたとは到底思えない、残虐な事件。捜査が進むにつれ、十年前の事故が、単なるバス事故ではなく、正体不明の生物によって引き起こされた物ではないかと勘付く。

一方、五十嵐のラボではサイボーグを造る研究をしていた。表向きこそ医療のためのものと謳われていたが、実は警視庁主導による対人外生物用機動兵器の開発であった。

四肢を失った人達への医療に役立つと信じていた隼人は、目的が違う事に気付き、五十嵐に詰め寄る。博士の書いた設計図には明らかに武器が装備されているからだ。事実を語る五十嵐隼人は、事実を知りつつもその研究に魅入られるように五十嵐の研究に手を貸す。

登場人物

田村隼人　　二十二歳、過去を失った大学生。
田村直人　　二十六歳、隼人の兄、警察官。
五十嵐健三　　遺伝子工学の権威。
柳田誠一　　警視庁の人間。
太刀川隆三　　直人の先輩刑事。
ヨーコ　　直人の恋人。

―目次―

絶望と希望の狭間にあるもの

序章　誕生

そして「奴」は目を覚ました。

……ココハドコダ……。

こぽり、と緑色の泡が目の前に浮かんでは消えていく。

どうやら「奴」は液体の中に存在しているらしい。

と、
こつん。

五本の指が硬い壁のような物に触れた。目を動かし、じっとそいつを見つめた。透明な壁がそこにあった。

ふと、そいつを破壊してみたくなり、「奴」は拳を握りしめ力の限り打ち付けた。

一回、二回、そして三回と。

ガシャン！

派手な音を立てて透明な壁は崩れ落ちた。満たされていた緑色の溶液が床にぶちまけられた。

やがて何事も無かったかのように静まり返る。

「奴」は恐る恐る足を踏み出した。

……動ケル……

「奴」はその大きな体を震わせた。身の丈二メートルはあろうか。長い毛に覆われたケダモノが今、ここに誕生した瞬間であった。

その姿は地球上に現存するいかなる生命体とも似ても似つかない。否、あらゆる生物の要素を含んでいる。

ケダモノは二本足で立ち、二本の長い腕に器用に動く五本の指を持っていた。オランウータンやチンパンジーなどの霊長類に姿は似てはいる。が、絶対的に異なる点がある。

それは頭部。そして肌。

カエルのように押し潰れた頭に、ヘビの輝きをたたえる瞳。そして、昆虫の触角のようなものが額の辺りから生えていた。首の両側には深いミゾのようなものがあり、それは魚のエラのようにも見える。

「奴」の肌は溶液で濡れ、水生動物のようにぬめりを帯びていた。

それは、どう見ても自然に生まれたものではない。明らかに人為的に創られた生物。

——一体、誰が何の目的で……。

「奴」が咆哮した。

それは、この世に生を享《う》けたことを喜び、決して祝福されることのない己の命を哀れんでいるかのように鳴り響いた。

その瞬間、

カツン、カツン、という硬い足音が「奴」の耳に届いた。

——敵ダ——

本能的に身構える。握りしめた拳がギリギリと音を立てていた。「奴」の目が、ニィ、と吊り上がる。それはまるで獲物を見つけた肉食獣のようであった。

全てはそこから始まった——

五十嵐健三博士の自宅に警視庁所属遺伝子捜査研究所壊滅の一報が届いたのは、日付も変わった深夜二時を過ぎた頃であった。

梅雨時の蒸し暑さにまだ体が慣れず、眠る事もままならないため自分の書斎で研究書を読んでいた時の事だった。

取るものもとりあえず、彼は自分のクルマを走らせ湾岸地区にある研究所へと向かった。自宅のある目黒から湾岸に向かうには、首都高速に入った方が早い。普段ならば走る事などないその道を、五十嵐のクルマは全速力で駆け抜ける。

次々に流れては消えていくネオンの光に沿うように、彼のクルマは首都高を抜け神奈川と東京の境にある埠頭を目ざした。

貿易会社や食品会社などの倉庫が立ち並ぶ湾岸地域。そこで五十嵐のクルマは停まった。

既に数台のクルマが二—Eと書かれた倉庫の一画に停車していた。それら全てが夜の闇よりもなおも深い黒色のものであった。

五十嵐は慌ててクルマを降り、倉庫へと走っていった。

と、

ひとりの男が五十嵐を出迎えるかのように立っていた。

冬の海のように深い紺色のシングルスーツに身を包み、細い藍色のネクタイを締めている。レイバンのサングラスを白い手袋をはめた手で外し、男は五十嵐に一礼した。

「柳田君——」

柳田と呼ばれたその男は、何も答えず五十嵐に付いてくるように促した。

「やはり、起こってしまったか」

ため息混じりに言うと、柳田が黒い手帳を取り出し言葉を返した。

「やはり、とは？」

「……いや、何でもない。忘れてくれ」

黄色のテープで封された入口を開け、二人は倉庫の中に入っていった。

「汚染の心配はないのかね」

「それは貴方の方がよくご存知ではないですか」

「……」

「幸いにも細菌その他が漏れる事はなかったようですが、まあ、中はこの有り様です。一応、手袋とマスクはして下さい」

柳田が部下と思われる男に指示を出し、ポリ袋に入った物を五十嵐に手渡した。慣れた手つきでそれらを身に着けると五十嵐は改めて中を見渡した。

恐らく、そこは倉庫を改造した研究施設であったのだろう。だが、その姿は見る影もなかった。まさに、地獄と呼ぶに相応しいほど破壊し尽くされていたのだった。

床一面にどす黒く変色した血液が広がっている。一歩足を踏み出せばそいつが粘つき靴の裏に絡みつく。

そこに横たわるのは、人の骸であった。

ある者は天を向き、またある者はあらぬ方向を向き、皆一様に目を見開き驚愕の表情で絶命していた。中には原形をとどめぬほど損壊された者もいた。

室内には血のニオイと培養液のニオイが混ざった異臭が充満している。まるで質量をもった物体のようにねっとりとまとわりついてくる。

あまりの異臭に、五十嵐は吐き気をもよおした。

「大丈夫ですか」

「ああ、すまんな。いや、これほどのものとは——」

「夜勤の者が五名ほどいたのですが、全員殉職です。奴に殺害されたようですね」

がくり、と力が抜けたのか五十嵐は血みどろの床に膝をついた。みるみるうちにズボンの布が液体を吸い上げ濡れていく。彼の目の前には砕かれたコンピュータのモニターディスプレイが転がっていた。

「すごいものを創りましたね」

感情も込めず、柳田が言った。瞳からは何も窺い知れない。

「奴……か」

「内側からカプセルを破壊し、逃走したようです」

「奴」はここにあった全てのものを壊し、そして全ての人間の命をもぎ取るほどの力を持っていた。

何もかもを奪い逃走した。

叫びだしたい衝動に駆られたが、ぐっとそれを飲み込んだ。その代わりに熱い物がこみ上げてくる。喉の奥に黒い塊がつかえて吐き出される事なく、体の中に染み込んでいくようだ。

「博士、申し上げにくいのですが、逃げ出したのは奴一匹だけではありません」

「何!?」

「実験体の全て、四十体が逃走した模様です」

「むー」

五十嵐は低くうめいた。まさかこれほどまでに知能がついていようとは……。己が予想していたよりも遥かにそいつは進化していたようだ。

「実験体の中には培養カプセルから外に出る事すら不可能な個体もいたはずだ。そいつらまで……。そんな……」

「これは推測でしかありませんが、奴がまず動ける個体のカプセルを破壊し、そいつらを統率してここを壊滅させたのではないでしょうか。そして動けない個体のカプセルを運び出したのかと……」

「ふむ」

「その証拠に生命維持装置がいくつか無くなっております。確認は取れておりませんが、二、三体分は……」

「――面白いな」

「はー」

柳田は思わず五十嵐の顔を覗き込んだ。

眉間にしわを寄せ、険しい表情をしつつもその瞳には狂気の光が宿っていた。

「ある意味、君に依頼された仕事は成功したわけだよ。ヒトがこれだけの知能を持った生命体を創造する事ができたのだからな。研究者としては喜ばしい限りだ。だが、許される行為ではない」

「――は」

「あ奴は私を、人間を憎悪していような。君達の言う事など鵜呑みにするのではなかった。きっとあいつは我々を攻撃してくるぞ。私のしてきた事を考えれば、必ず……。戦闘能力だけはずば抜けているあ奴が……」

「では、B計画はこれで中止いたしましょう。上にはそう伝えておきますから。では、もう一つのプロジェクトを立ち上げましょうか」

柳田は全く感情を込めずに淡々と告げ、パタン、と手帳を閉じた。

「J計画を。いかがいたします、博士」

「あれは人道的に問題がある。そう言っただろう。立ち上げるわけにはいかん」

「そうも言ってられないのが実情でしょう。何てたって怪物が逃げ出して市民の生活を脅かそうとしているのですよ。貴方がその手で生み出した怪物がね」

「君は――」

胸ポケットからサングラスを取り出し、柳田はそれをかけた。

「君達はいつもそうだ。そうやって私を追い詰める。B計画の時もそうだった」

激昂する事など滅多にない五十嵐が、柳田の胸倉をつかみ食ってかかった。しかしそれを軽く制し、彼は静かに言った。

「そんな事はありませんよ。我々は常に市民の安全を第一に考えております」

「どうかね、それだったらこんな所へ極秘裏に研究所を作る事もなかろう」

吐き捨てるように言うと五十嵐は歩き出した。

真っ二つに割れたアクリルのカプセルの破片に足を取られよろめく。そんな彼に柳田が手を貸そうとしたが、五十嵐はそれを払いのけた。

「君の手など借りん。放って置いてくれ。準備が整い次第こちらから連絡する。それまで私に関わるな」

「それはJ計画を始めるという事でよろしいですか」

「……」

「分かりました。素材はこちらで用意いたしますので、後はよろしくお願いします」

「――勝手にしたまえ」

よろよろと魂が抜けたような足取りで五十嵐はその場を去った。五十嵐のクルマのエンジン音が波の音に消されながら遠くなっていった。

五十嵐の気配がなくなった事を確認し、柳田もクルマに乗り込んだ。運転手代わりの部下にクルマを出すように命じた。柳田を乗せたクルマは夜の闇に溶け込むように滑り出した。

後部座席で柳田は自動車電話を使い、あるところへ電話をかけた。

「私です。博士が動き出しました。はい、そうです。J計画です。ええ、B計画は中止という事で。そのように願います。マスコミと所轄は私が押さえますので、はい。はい、長官の方はお願いいたします」

そこまで伝え終わると電話を置いた。ふと、ポケットの中に硬いものがある事に気が付いた。それはナイロン袋に入った金属製のプレート。

それは血にまみれ赤黒く染まってはいたが、文字がかすかに見て取れた。

書かれていた文字は――

G．I．V．A．

ギバ

「ちっ」

ぽいっと助手席の方へ投げ出す。誰も座していないそこに転がっていった。

「実験動物の分際で――」

柳田がつぶやいた。

自宅に戻っても、五十嵐健三は中々寝付けなかった。梅雨の蒸し暑さもあるのだが、先程の事件の事が気掛かりでならなかった。

遺伝子を操作して、新しい命を生み出す。研究者なら誰もが夢見る事である。それをこの手で成功させたあの日の感動は忘れられない。神の領域に手が届いたのだ。完全にゲノムを読み解き、科学的に合成する事が出来たのだ。

倫理的に間違っているとか、宗教的に許されないとか、そういう問題ではない。一科学者として、実験に成功した事を心から喜び、部下達とそれを分かち合ったのだ。

それが、まさかこんな事になろうとは……。

確かにヒト、もしくはそれ以上の知能を与えた。種としては、どの生物よりも強大な力を与えた。ただし、それはあくまでもカプセルの中での論理値。培養液の外では生きられるはずがないのだ。生命維持装置なしでは、たちまち体表が崩れ融け落ちるはずだったのに……。

「予想以上の生命力と知力を持ったか」

書斎の椅子に腰掛けたまま、五十嵐は呟いた。部屋の照明を落とし、机上の補助ライトだけが疲れきった五十嵐を照らしていた。実際の年齢よりも随分齢を重ねた顔には深いしわが刻まれている。

なんというものを創り出してしまったのだろう。

たった一つの卵細胞から、遺伝子操作を繰り返し試験管と培養液の中で育まれた、どの種にも属さぬ生命体。表向きは警視庁の捜査機関としながらも、実質はバイオテクノロジー実験場であったあの研究所も恐らく閉鎖となるだろう。

細菌汚染はないとはいえ、五人もの尊い命が失われたのだ。その責任は負わねばなるまい。

「彼の甘言などに耳を貸すのではなかった。たとえ実験を続けさせると言われても、あの場で断れば、こんな事には……」

柳田誠一。

警視庁所属の人間だと言っていた。しかし、詳しい事は分からない。大学の倫理委員会で、五十嵐の実験は問題があると予算を打ち切られたあの時、その費用は自分が何とかしようと、近づいてきた男だ。

サングラスの奥に隠れた瞳からは、真意が読み取れない。冷酷に事実だけを告げる男。

倉庫を模した研究所を与えられ、自由に実験を続けても良いと言われた時は正直ありがたいと思った。言われるがままに実験を続け、「あれ」を生み出した。

それを良しとも不可とも言わず、表情をも変えずあの男はうなずいたのだ。

神をも恐れぬ行為を果たしたというのに、ただ何も言わず、あの男はカプセルの中の「あれ」を見つめていただけだった。

考えてばかりはいられない。現実に、「あれ」は脱走し、その強大なる力で人類を脅かそうとしている。

復讐しようとしている。

東の空が白んでいる。カーテン越しに夜の闇が薄れていくのが見て取れる。

まんじりともせず、五十嵐は夜明けをむかえようとしていた。


緘口令と、情報統制。

緊急事態対応マニュアルにのっとり、今回の脱走事故は所轄にも消防にも悟られる事なく、完全に事故そのものを闇に葬り去った。

書類、備品、もちろんコンピュータ内のハードディスクも全て回収の上、厳重な管理体制のもと、破棄された。

遺伝子捜査研究所そのものが、最初から存在しなかった事となったのだ。

警視庁、柳田誠一の力によって。

翌々日……。

五十嵐は食卓につき、遅い朝食を取っていた。テレビをつけニュースを流しっぱなしにし、テーブルに置かれた数社の新聞に目を通す。

何回も何回も、一字一句を漏らさぬようにと、目を皿のようにして新聞を読むその姿はどこか異様であった。

「お義父様、何か気になる記事でもあるんですか?」

ひとり息子である俊一の元に嫁いできた静江が、茶をいれながら尋ねた。

「あ、ああ。何でもない」

怪訝そうな顔をしながらも、静江はキッチンに戻り洗い物の続きを始めた。

梅雨の合間の晴天が広がっているらしく、カーテンの向こうから柔らかい陽光がリビングを照らしている。

ごく普通の、何の変哲もない平和な日常だ。

まるで、あの日の夜が嘘のようだ。

五十嵐は茶をすすりながら、何度も新聞を読み返す。昨日の分にも目を通したが、どこの社の新聞にも載ってはいない。

遺伝子捜査研究所壊滅・実験動物脱走事故の一報はどこにも載ってはいなかった。テレビから流れてくるのは政局のだらしなさと、スキャンダルを報じるニュースばかりだ。

「情報操作か――。やられた」

改めて、柳田と言う男の影響力を思い知った。実験動物の脱走事故が公表されれば、一般社会がパニックに陥るのは目に見えている。

少なめに見積もっても、「あれ」は一個体で街一つを潰せるだけの力は持っている。それを鑑みても、五人もの命が奪われるほどの大事故なのだ。警察などの関係部署に連絡は入っているだろうに。

然るべき手段で公表し、一刻も早く市民の安全の確保、実験動物の捕獲撃滅に専念せねばなるまいに。

あの夜、自宅に戻ってから覚悟を決め、身を整えて待機していたのだが、柳田からの連絡はなかった。

ようやく電話がかかってきたのはその日の夕刻になった頃、それも、

「大丈夫です。心配はいりません。全てが片付きました」

との一言だけであった。

何が大丈夫なんだ、と五十嵐は問うたが、柳田はそれに答えず電話を切った。

今度の事故は、まず所長である自分が責任を負うべきだ。その態度を決めていたのにもかかわらず、責任を問うどころか、黙認し、事故を闇に封じ込める事に腐心するとは……。

自分に、別の事をさせるつもりか……。

新聞の行間からあるはずのない文字が浮かんでくる。

「人殺しを生んだ男——」

五十嵐は思わず手にしていた湯飲みを取り落とした。派手な音を立てて床に当たって砕け、中の茶が飛び散った。

「お義父様、大変。大丈夫ですか」

「あ、ああ」

静江が慌ててキッチンから布巾を持って飛び出してきた。熱くはないですか、と気遣いながらズボンや服に飛んだ茶を拭いている。砕けた湯飲みを踏まないようにと、手早く破片を片付け始めた。

五十嵐は、よろよろと立ち上がり自室へ戻る。静江が何か言っているが耳に入らない。

今更のように体が震えてくる。己の行為の浅はかさが、恐怖となって五十嵐を押し潰そうとしていた。何故ならば……。

自分が創り出したもの、それは紛れもなく、怪物なのだから。

それから数ヶ月後――。

都心からN県へ温泉旅行に向かうバスが、峠道に差し掛かった頃だった。

その日は丁度、朝から雨が降っており、路面状況は最悪の上、見通しも悪かった。

運転手は細心の注意を払い、事故のないように運行していた。

乗客は皆、これから宿泊する温泉旅館に思いをはせながら、車窓から雨にけぶった景色を眺めていた。

その時――

車体が前へつんのめるほどの急ブレーキがかかり、乗客は危うくシートから放り出されるところであった。

「何だ!」

女性の悲鳴が上がる。それでもバスは停まる事なく、折からの雨で濡れた路面を進行方向から垂直に滑っていく。子供を連れているものは抱きしめ、少しでもショックを吸収しようと体を屈める。

ガラスが砕ける音とブレーキのきしむ音が交差する。

数十メートル横滑りしながら、バスは停まった。

収まったところで、乗客達は顔を上げた。何が起こったのかを知るために。

すると……。

運転席の視野を確保する大きなフロントガラスがくもの巣のようにひび割れ、砕けていた。その近くに座っていたバスガイドは頭から血を流して意識を失っている。運転手もガラスの破片を体に受けて傷だらけであった。

何かに衝突したようだが、詳しい事が分からない。道路と垂直に停車したバスの窓から外をうかがう。雨の向こうに、クルマの陰は見当たらない。ぶつかるようなものもない、直線道路だ。

一体何が起こったのか、乗客達だけでは分からない。かろうじて意識のある運転手に聞くが、

「人が……」

と繰り返すばかりで埒があかない。

取り敢えず、バスガイドを助けようと、男の乗客のひとりが昇降口を開けた時だった。

ぴちゃり

ぴちゃり

水に濡れた何かを引きずるような音が聞こえる。

はっと、その男が振り向いた。

「ひっー」

思わず息を飲む。そこにいたモノとは——。

身の丈は軽く二メートルは超えていよう、巨大な体躯に不釣合いなほど長い手足。頭部は潰れた

カエルのようでもあり、ナメクジのようにも見える。ケダモノの瞳が、頭から生えた触角の先でらんらんと光っていた。

その姿は、とてもヒトとは思えないが、二本の足で大地を踏みしめ立っている。長く伸びた手の先には、五本の指もついている。

口は大きく裂け、鋭い牙が生えている。だらだらと液体を流しながら、そいつは近づいてきた。

「あ、あああ、あ」

言葉にならぬ声を発し、男が後ずさる。無理もない。見た事もないものが、けたけたと笑いながら近づいてくるのだ。ヒトは真の恐怖に陥った時には、言葉を出す事を忘れるのだ。

けたけた、けたけた。

そいつが笑った。

瞬間、雨に濡れたそいつの腕が男の頭をつかんだ。

「ひぃっー」

男をつかんだまま、そいつがバスに乗り込んでくる。金色の瞳で中の様子をうかがうと、またニタリ、と笑った。

「ヒヒヒ、ハハハ」

そいつは、笑いながら己の腕に力をこめる。

肉の潰れる嫌な音がした。

そこかしこから悲鳴が上がる。

地獄の宴が始まろうとしていた。


天から落ちる涙が黒いアスファルトを濡らしていた。砕かれたガラス、そして引き裂かれた布が辺り一面に転がっている。

血と、雨の匂いが充満していた。

「彼」の足元では、真っ赤な液体が雨に混じってゆるゆると流れていった。

「彼」はたったひとりでそこに立っていた。何をするわけでもなく、ただ呆然と立ち尽くしていた。

その瞳には光は宿ってはいない。虚空を見つめていた。

ひたり　ひたり
雨の音に混ざって足音が聞こえてくる。

ひたり　ひたり
ひたり　ひたり
「彼」には分かっている。ここから逃げ出さなくてはならない事を。

しかし、体は言う事をきかない。脳の命令を無視し、指の一本ですら思うとおりには動かない。

ひたり　ひたり　ひたり　ひたり

ゆっくりとそいつは近づいてくる。背後からひたり、ひたりと濡れた足音を立てて近づいてきている。

頬を裂くような殺気が、雨の降る場に満ちている。

振り向く事も、目を閉じる事も出来ぬ「彼」の前に、そいつは姿を現した。

そこにいたのは……。

ヒトとは似つかぬ化け物。動物でもない怪物。ぬらぬらと血で濡れた鋭い五本の爪をチロリ、と蛇のような舌で舐め上げた。

そして、にやり、と笑った。

エモノを見つけた、肉食獣の目。肉を食らう、喜びの目。

次の瞬間、そいつが飛んだ。

雨で濡れたアスファルトを蹴り、飛沫を上げながら「彼」に襲い掛かった。

鋭い爪が「彼」を切り裂いた。

血飛沫が雨と混ざって飛び散った。肉の断つ音と「彼」の絶叫する声とが、どしゃ降りの雨の音にかき消されていった。

情報は常に操作される。
時に、大衆が不安に陥らぬよう統制し、
時に、都合の悪い事を隠蔽し、
時に、権力の持つ者によって良いように捏造される。
愚かにも、知識を持たぬ大衆は溢れる情報の波を整理せず、
流れるままに受け入れて、踊らされるのだ。

第一章　霖雨

遺伝子捜査研究所壊滅事故から、早くも十年の月日が流れようとしていた。

徹底的な情報操作と緘口令によって、その事実が外に漏れる事はなかった。

その後、脱走した実験生物が引き起こしたと思われるバス事故も、単なる交通事故として処理させた。

決して知られてはならない。

「ヒト」を簡単に殺す力を持った化け物を人間の手で作り出した事など、知られてはならない。

大衆が危険に晒されるかもしれないという現実に、柳田等、権力の上層部は目を背けたのだ。

一般市民は知らない。

真の恐怖がすぐそばにある事を。

「隣人」が「怪物」であるかもしれない事を。

来るな、来るな……。

ひたり、ひたりと近づいてくる「そいつ」に向かって叫んでいた。

だが、声が出ない。口だけが空気を求める金魚のようにパクパクと動いているだけだった。

金色の瞳が睨んでいる。

命を狩られる恐怖が全身をすり抜ける。

ぬらぬらと血脂に濡れて光る爪が、今にも襲い掛からんと、もの凄いスピードで近づいてくる。

逃げ出したくとも、体は岩のように動かなかった。


「やめろーっ！」

田村隼人は目を覚ました。

バッと跳ね起きて、己の胸の辺りをつかんだ。

どくん、どくんという心臓の鼓動が聞こえている。

「生きて……る。夢か」

ほう、と一つため息をつき、布団からはい出た。

屋根を打つ雨の音が聞こえてくる。ふと、目をやると外は既に天からの涙で濡れていた。

汚れを落とし、全てを清めているようにも見える。

「雨かよ……」

壁にかけた時計が六時を指していた。カーテンを開けても日の光が入ってこない所為で薄暗い。

「いらん早起きをしちまった」

そう呟いて本格的に目を覚ます事にし、隼人は身繕いをしようと立ち上がる。

寝巻き代わりのTシャツは汗まみれであった。

気分なおしにシャワーでも浴びようと新しいものを取り出し浴室へ向かった。

雨の日は、あの夢を見る。

隼人は雨の日が苦手であった。気分が憂鬱になるのは然るべき事ながら、それぱかりが理由ではない。

脱衣所で汗にまみれたTシャツを脱ぐ。洗面台の鏡に映る己の体も、隼人は好きではなかった。

浅黒く日焼けした肌に残る傷痕。それは右肩から左脇腹にかけての大きなものだった。五本の筋状になったひきつれた痕。

まるで、鋭い爪に引き裂いたような痕である。かなり古い傷であり、ケロイド状になっていた。

完全に癒えているはずなのに、こんな雨の日はジンジンと疼いてくる。

「だから、雨の日は嫌いなんだよ」

Tシャツを乱暴に脱ぎ捨て洗濯機の中に放り込んだ。そして思いっきり強く風呂場のドアを閉めた。

もう、十年にもなるのか……。

家族とともに温泉旅行に行くために乗ったバスが横転事故を起こし、隼人から全てを奪った。

見通しの良い道路だったのにもかかわらず、折から降る雨によって車体が滑りひっくり返ったのだと言う。

一緒にいたはずの両親も、妹も、あの日あの事故のために命を落としたらしい。

らしい、と言うのは当の本人、隼人にあの日以前の記憶がないからだ。

右も左も、己が誰なのか何者であるのかすらも分からなかったらしい。

部活で一緒に行く事が出来なかった兄が身元確認をしてくれたということだが、それも覚えてはいない。

事故の唯一の生存者という事で、警察やマスコミが情報を得ようと近づいてきたが、隼人自身はとても話が出来る状態ではなかった。

命は助かったが、その代わり、一切の過去の記憶を失くした。

父という人も、母という人の顔もわからない。

妹がいたという事実も知らない。

兄の顔も分からなかった。

今、隼人という人格があるのは、兄が過去の記録を教えてくれたからだ。考える事を教えてくれたからだ。

ただ、覚えている事は、ひたり、ひたりと近づき爪を薙ぐ「奴」……。

ヒトでも動物でもない化け物が、血で濡れた爪を振りかざし近寄ってくる。

夢に出てくる「そいつ」と同じ……。

雨が降るたびに近づいてくる。夢の中で近づいてくる。次第に輪郭がはっきりし、形を成してくる。

ぞくり、と背に冷たいものが流れた。

「夢、夢。ただの夢だ。関係ないって」

ふるふると頭をふり、隼人はシャワーを浴びた。心地よい温度の湯が肌を滑っていく。

汗とともに悪夢を振り落とすように、隼人は湯を流し続けた。

さっぱりとしたところで、朝の情報番組を見るために隼人はテレビをつけた。

朝飯代わりの食パンをかじりながら、画面を流し見る。毎日毎日同じ内容の繰り返しに飽き飽きしながらも、音がないと寂しいので結局毎日見てしまうのだった。

今日の予定は、と思いを巡らせながら二枚目のパンに手を伸ばした時だった。

がちゃがちゃと玄関のドアノブが激しく回る音がした。つい、と目をやったが特に気にするわけでもなく、隼人はそのままパンをかじった。

「ただいまぁ」

よれよれの茶色のスーツに曲がったネクタイ。黒のデイバッグを背負った男がよろよろと上がってきた。

「うっわ酒くせぇな」

「直人兄さんがただ今帰ってきましたぁ。敬礼！」

「敬礼じゃないよ、もう、今何時だと思ってんだよ。朝まで飲むなって何度言ったら分かるかなぁ」

入ってきたのは隼人の兄、田村直人であった。

ネクタイを外しながら、どっかりと隼人の向かい側に腰を下ろす。直人のあまりの酒臭さに隼人は思わず鼻をつまんだ。

半ばあきれた顔で立ち上がり、酔っ払いの兄の為に冷たい水を持ってきてやった。

「今日は休み？」

「ああ、事件がなきゃ、今日は非番だ。そうだ、聞けよ」

「なんだよ」

「不肖、田村直人、今月の十日を以て刑事課に配属となりましたあっ！」

「へえ、そりゃおめでとう」

直人がコップの水を一気に飲み干してからさらに続けた。

「前祝いがてら、同僚達と酒宴を開いてきたのであります」

「いいけどな。朝まで飲むなっつうの。酒臭い」

まだ酒が残っているらしく、異様にテンションの高い直人に冷たい視線を送るが、当の本人は全く気付いていない。

赤い顔をしながら、直人は嬉しそうにしゃべり続けていた。話半分に聞き流しながらも隼人は再びパンをかじり始めた。

「ま、これで経済的にお前にも楽させてやれるさ。仕事は忙しくなるが、お前ももう大人だから、ひとりで大丈夫だろう。俺に任せてお前は好きな勉強に集中しとけな」

空になったコップを弄びながら酔った目で直人は隼人をじい、と見つめている。

まずい。これは説教モードに入る。

感づいた隼人はそこから逃げようと、三枚目のパンをくわえそおっと立ち上がった。

「おっと、隼人。どこへ行く気だ。まだ兄さんの話は終わってないぞ！」

あっちはすっかり出来上がった状態だが、こっちは素面の上、まだ朝だ。朝っぱらから酔っ払いの説教なんか聞きたくはない。

気にせず歩こうとすると、ズボンのすそを捕まえられて思わずつんのめった。

「兄貴！」

「まてぇ、兄のありがたい話を聞けぇ！」

ほう、と大きくため息をつき、隼人は振り返った。

「あのなあ、兄貴。俺は……ん？」

すると、

「ぐー」

足元からそれはそれは心地よさそうなイビキが聞こえてきた。見下ろせば、隼人のズボンのすそをしっかり握りしめたまま、直人は眠ってしまったではないか。

「……だから、朝まで飲むなって言うんだよ」

直人の手をズボンから引っぺがしてから、仕方がないとつぶやいた。そして仰向けにさせ、別室から毛布を持ってきて、乱暴に載せた。

「——あ、ヨーコさんから電話あったぞ。今日来るってさ」

耳元で叫んだが、恐らく聞こえてはないだろう。何故ならば、直人はとても幸せそうな表情で毛布を抱きしめ眠っているからだ。

「ま、いっか。俺はちゃんと言ったからな。ヨーコさんも分かってるだろうし」

返事の代わりにイビキが返ってきた。

隼人は座りなおし、四枚目のパンをかじり始めた。

時折こうやって飲みすぎて帰ってくる事を除けば、隼人は四歳離れた兄、直人を尊敬していた。事故で肉親を亡くした悲しみにくれるまもなく、記憶を失った自分をここまで人並みに育ててくれたのだ。一切の過去を忘れた自分に世の中の常識と知識を教え、死んでしまった両親と妹の顔を教えてくれた。

その上、公務員である警察官となり、その給料で高校・大学に通わせてくれている。

正直言って頭が上がらない。

だが、こうやって酔いつぶれて帰ってくるのには閉口する。

ま、多少は大目に見てやるとするか。

そうつぶやいて隼人は空になった食器を片付けて出かける支度を始めた。

雨の日に出かけるのは好きではないのだが、今日はどうしても抜けられない実験と講義があるのだ。

隼人はリビングで大の字になっている直人にもう一度声をかけてから、自宅を後にした。

ドアホンの音は、虚しく雨の中に吸い込まれていく。何度押しても応答がない。それでも彼女は相手が出るまで押し続けている。田村と書かれた表札に目をやりながら、ピンポンピンポンと鳴らし続けていた。

「おかしいなあ、隼人君には言っておいたのに。もう！」

肩の辺りまである長い髪をかきあげ、その女性はつぶやいた。しばらく手を止めて、中の様子をうかがう。しかし、誰かが出てくる様子もない。手にした傘でコンクリートの床を軽く叩きながら、もう一度ドアホンを押す。

「あ、そう。人がせっかく休みを取ったって言うのに、そういう態度に出るわけ！」

どうせ出ないのなら、とドアノブをガチャガチャ回してみた。すると……。

がちゃり。

いとも簡単にドアが開いてしまったではないか。

「開いてるしー。あーもう！　警察官のくせに無用心なんだから！」

力任せにドアを開け、その女性は部屋の中に入っていった。入ってしまえば勝手知ったるなんとやらで、薄暗い部屋の電気をパッパと点けていく。

と、リビングの床に目をやれば、そこにこの部屋の主が大の字になって寝ていた。気持ちよさそうに寝息を立て、そばに女性が立っているのにも全く気がついてはいない。

「――酒臭いなあ。また朝まで飲んできたわね。直人！　起きなさいよ！　いつまで寝てるのよ。久しぶりの休みに会おうって言ったの貴方でしょ！　せっかく時間作ってきたんだからね！　ねえ、聞いてるの?」

彼女の言葉など、恐らく耳に届いていないだろう。すやすやという寝息が返事代わりに聞こえてくる。

「……もう、知らない!」

近くにあったクッションを思いっきり田村直人の顔めがけて投げつけた。しかし彼が起きる気配は全くない。髪の長い女性はふてくされた様子で座り込んでしまった。

辺りを見回すと思いのほか散らかっている。男所帯のなんとやらか、ここに住んでいる人間達はあまり「掃除」という言葉には縁がないようだ。仕方なさそうに女性は立ち上がり、もう一度クッションを直人にぶつけてから部屋の片付けを始めた。


掃除機の音がする。そう言えば、掃除機なんて久しくかけてないなあ。最後に掃除したのいつだったっけ。

まどろんでいると、いきなり背中を何かで引っ張られるような感じがした。それでもなお目を閉じたまま転がっていたら、今度は思いっきり背中の皮膚が何かに吸い込まれていく。

「あたたた!」

流石《さすが》の直人もこれは効いたらしく、慌てて跳ね起きた。と、同時に、すっぽんという奇妙な音が耳に届く。

「ここまでしないと起きないの！　全く」

「あー。ヨーコさんじゃん」

起きたはいいが、まだ頭がぼうっとする。目の前にいる女性の顔をまじまじと見てから、直人が放った言葉にヨーコと呼ばれた女性がいいかげんキレそうな顔で叫んだ。

「ヨーコさんじゃないでしょ。いつまで寝てるのよ」

雷が落ちた。思わず直人は身を竦ませ毛布を抱きしめた。

「いや、来てたの。ごめん気がつかなくて」

「朝まで飲んだわね」

「いや、その、そんな事は——」

「何言ってるの。じゃあこの部屋に漂うアルコールの臭いはどう説明するわけ！」

「……すみません。飲んでました」

「隼人君にも言われてない？　朝まで飲むなって……。飲むのもいいけど、ほどほどになさいよ。今は若いから大丈夫と思ってるかもしれないけど、いつか体を壊すわよ。それだけは心配なんだからね」

「——はい」

しゅんとうなだれる直人を立ち上がらせると、ヨーコはさっさとシャワーを浴びるようにと促した。しぶしぶそれに従って直人は浴室に向かっていく。その後を追いかけるようにヨーコが掃除機をかけていた。

「反省した?」

「してるよ。起き抜けに怒られるとは思ってなかったからね」

「じゃあ、よろしい」

にっこりと笑い、ヨーコが掃除機をかけながら他の部屋の片付けに手を出し始めた。

ぼさぼさの頭をかきながら、直人はその様子を見ている。正直言って掃除をしてくれるのは非常にありがたいのだが、たいていその前後に説教を食らってしまう。まあ、たいていは自分が悪いのだけど。惚れた弱みか、それに対して口答えする事を直人はあまりしなかった。

「さっぱりするか」

と、直人は浴室の脱衣所で着衣を脱いだ。鏡に映る己の背中の中ほどに、真っ赤なまん丸の跡が残っている。それは、ヨーコによって掃除機で吸われた跡だった。

汗を流し、ヨーコの用意したTシャツと短パンに着替えてから直人はリビングに戻った。

まだ雨が降っているらしい。しとしとと木々を濡らしているのが窓から見える。今日はこれから屋外のテーマパークに行く予定だったのに、この分ではキャンセルする事になりそうだ。とは言え、久しぶりの休日。どこかへ行かないとヨーコの気がすまないだろう。ふたりで会う時間はお互いの仕事の関係でどうしても少なくなってしまうからだ。

直人とヨーコが出会ってから、かれこれ二年になろうとしていた。

きっかけは直人の同僚が計画した合コン。出会いの少ない警察官と、これまた同じく出会いの少ない看護師・研修医の女性達との合コンであった。ヨーコは都内の総合病院で看護師をしている、直人より二歳年下の女性であった。

お互い初対面ですっかり意気投合し、幾度かのデートを重ねた後に付き合う事を決めたのだった。男勝りで歯切れがよく、それでいて優しい彼女に直人は惹かれてしまった。

ヨーコもまた、彼が色々苦労をしているのにもかかわらず、それを表面に出さない男らしさに惚れたのだった。

キッチンからいい匂いが漂ってくる。ヨーコが気を利かせて食事を作ってくれていたようだ。

「味噌汁のいい匂いがする」

「どーせろくな物食べてないんでしょ。男ばっかりだと駄目ねえ。たくさん作ってあるから、後で隼人君にも食べるように言っておいてね」

「悪いな」

「どういたしまして」

食卓代わりのガラステーブルにヨーコの作った食事が彩りよく並べられている。あまり時間がなかったのに、工夫をこらした品が狭いテーブルいっぱいに置かれていた。

直人は忙しい仕事の合間にも、こういう家庭的な事を欠かさないヨーコが好きだった。

「いただこうかな」

「どーぞ」

「……と、その前に」

ご飯を盛り付けようとしているヨーコの手を直人はぐっと引き寄せる。何を——と言いかけた彼女の唇を己の唇で塞いでしまった。

しばし、静かな時が流れていた。

「ちょっと、何するのよ。こんな時間から——」

「ん？　ヨーコの作るご飯は冷めても美味いだろう」

「……ばーか」

雨の音がまた一層強く聞こえてくる。ふたりは折り重なるように絨毯に身を沈めていった。

第二章　師伝

雨はまだ降っている。

今日は一日中降り続けるような事をラジオの天気予報が告げていた。窓の外から見える風景にため息をつきながら、田村隼人は合皮製の安っぽい椅子に腰掛けていた。

城南大学工学部電子情報技術科教授室。

隼人は教授に呼ばれてここに来たのだが、当の教授に来客があったため仕方なく待っていたのである。すぐ終わるからと告げられてから、小一時間が過ぎようとしている。こっちは実験の途中で、明日にはレポートを提出しなくてはならないのに手を止めて待っているのだ。いいかげん、待ち疲れて帰ろうかと思った時に教授室のドアが開いた。

「おお、田村君待たせて済まなかったな」

薄くなった頭をかきかき、白衣を来た初老の男性がよろよろと入ってきた。

「教授――」

「いやあ、君の書いた論文読ませてもらったよ」

「あ、はあ……。まだ途中でしたけど——」

立ち上がろうとした隼人を制して、教授がドアの方を向き誰かに入ってくるように促している。その口調や態度から相当の気遣いが感じられた。教授よりも目上の者がいるらしい。隼人はすっくと立ち上がり、来ると思われる人を待った。

「卒論だけにしておくのは勿体ないと思ってね、ある方に君の論文に目を通してもらったのだよ。そうしたら、その方も関心をもたれてね、君に会いたいとおっしゃられたんだよ」

と、教授の後ろから男性が入ってきた。

六十を過ぎていようか。いや、七十近い——そんな印象を隼人は持った。黒ぶちのメガネをかけ、背広に着られているような老人である。

研究畑にいるような学者そのものであり、自分の研究以外には興味がないのだろう、背広とネクタイが妙にちぐはぐしている。ぼさぼさの髪は白髪混じりというよりは、灰色に近かった。

「紹介しよう、隼人君。この方は五十嵐健三博士だ。普段はこの大学の理学部の非常勤講師をされている」

「五十嵐です……よろしく。君の事は色々聞いてるよ」

差し出された手を取り隼人は握手した。

あまりにも乾いた掌であった。

枯れ枝のような手……。

隼人は少々戸惑いながらも、ぺこりと頭を下げた。目の前にいる老教授は何者だろう、という興味よりも先に、彼は体調がどこか悪いのではないかと心配してしまう。

「いやいや、立たせたままでは悪いね。どうぞ、腰掛けてくれたまえ。君の論文、本当に面白かったよ」

「はあ……」

「この、ナノマシンに情報を載せて金属を生きた細胞のように増殖させる、という仮説は本当に面白い」

「はあ……」

五十嵐と紹介された老教授は、脇に抱えた書類袋から分厚いレポート用紙を取り出した。それは、隼人が仮提出した卒論のコピーのようであった。一枚一枚捲りながら、目を輝かせて読んでいる。

どこか、異様な光をたたえた目で文字を追っている。

何がそんなに面白いのだろう、と隼人は尋ねた。

「いや、君は柔軟な思考をしているよ。このね、ここの実験結果なんて普通の人なら見逃すだろ。ね、幸長《ゆきなが》教授。君も面白い子に面白い事やらせるねえ」

五十嵐は、工学部の教授、幸長に言った。

「まあ、学会では異端扱いでしょうけど」

「それは関係ないよ。学者たるもの己の信念を貫いて研究する事が大事だ。しかし、目の付け所がいいよ」

どこか冷めた目でそのやり取りを見つつ、隼人は出されたお茶をすすっていた。

「田村君、私はね、君を私のラボに誘いに来たんだよ。この夏に本格稼動するのだけど、遺伝子工学と電子情報工学をミックスした研究をしたくてねえ」

「はい？」

詳しく話を聞くと、どうやら勉学途中の身である隼人を、ヘッドハントしに来たらしい。隼人を見つけるために、電子情報工学の論文を片っ端から読み漁り、己の研究と合致するものを捜していたそうだ。

「サイバネティク・オーガニズムを実用化したくてね、今研究してるんだ。私のラボで研究してみないか？　いや、ぜひとも君の研究が必要なんだ。幸長君も推薦してくれているし、君の悪いようにはしないから」

頬を紅潮させ、熱っぽく語る老教授の姿に圧倒されてしまい、隼人は何も言えなかった。

「五十嵐教授、まだ夢物語の実験をしてるんですか？」

「幸長君、サイバネティクス工学をバカにしたらいかんよ。究極の医療工学だ。確立されれば、今後大きな市場となるだろう。魅力的だと思うよ、私はね」

「そんなものですかねえ」

「科学者は、夢を見なくては駄目だよ」

幸長が呆れた顔をしている。相容れないが、仕方なくつきあっているというように、小さなため息をついている。

「で、どうかね隼人君。君が望むなら今からでも受け入れられる。是非、来て欲しい」

「急に言われても……。確かに五十嵐教授の研究にも興味がありますが、私ひとりでは決められません。まだ在学中の身でありますし――」

「おお、そうだね。返事はいつでもいいよ。私は君が来るのを待っている。いい返事を期待しているからね」

と、五十嵐は再び枯れ枝のような手で握手を求めた。隼人は少し戸惑いつつもその手を握り返す。

「っと、時間が押してるね。実験の手を止めさせて悪かったね。では、私は失礼するよ。幸長君も、わざわざすまなかったね」

いそいそと身の回りの荷物をまとめ、五十嵐は幸長に案内され外に出て行った。

急に人気が少なくなり、雨の音が部屋の中まで入ってきた。濡れた窓に目をやりながら、隼人は小さくつぶやいた。

「サイバネティク・オーガニズム……。魅力的ではない、と言うと嘘になる。果たしてウチの銀行が何と言うか……」

もう一度、その言葉を口にする。

サイバネティク・オーガニズム
略称……サイボーグ

すっかり冷めてしまった朝食を食べ終え、ヨーコと直人は出かける事にした。

雨が降っているため、当初の予定を変更してヨーコの買い物に付き合う事になった直人は、彼女の見えないところで小さくため息をついた。

「女の買い物は長いからなあ」

支度を済ませ、玄関先に立っているヨーコが何か言った？　と叫んでいる。

「何でもないよ。じゃ、行こうか」

「そうね、行こうか」

彼女の趣味に合わせて、カジュアルな格好に着替えた直人が、ドアに鍵をかけようとしたときだった。

部屋の中で、電話のベルがけたたましく鳴った。

「い、嫌な予感がする」

「私も。こういう日に限って何かあるのよね」

無視しようかとも考えたが、留守番電話機能などついてない旧式の電話機だ。重要な用件だと困る。仕方なく、直人は部屋に戻り電話を取った。

一通り受け答えが終わったところで、直人が出てきた。

「予感的中かしら」

「はい、そのとおりです。悪い、事件が起こったらしい。人手が足りなくて呼び出された」

「仕方ないわね。事件と急患はこちらの都合を考えてはくれないもの」

極めて冷静に受け流しながら、ヨーコは自分の傘を手にした。と、時を同じくして彼女のバッグから目覚まし時計によく似た電子音が聞こえてくる。

「あ、私も呼び出しだ。ちょうどいいか。今日はそんな日だったのよ。きっと」

がさごそとバッグからポケットベルを取り出すとヨーコは盛大にため息をついた。

「ああ、もうちょっとお互い堅気な職業だったらね。時間が取れるのに」

普段愚痴などこぼさない彼女が、ボソッと本音を漏らした。たとえ、お互いが休みでも、急な仕事が入ってしまえば全てが吹き飛んでしまう。

「ごめん。この埋め合わせは必ずするから……」

「……そうね。今度、ご飯おごってもらおうかしら、なんてね。今日は私も呼ばれてるからいいわよ。気にしないで。じゃ、時間がないからこれで」

「ああ」

去りかけた彼女の手を引き寄せ、細い体を抱きしめる。

「ちょっと——」

振り向きざまに直人は彼女の唇をふさいだ。まだ乾かないルージュが彼の唇を染め上げた。

「もう……」

「ごめん、次はもう少し時間が取れるようにするから……」

「うん。じゃ、行くから」

名残惜しげに直人を見つめてから、ヨーコは踵を返して去っていった。彼もまた、彼女の姿が見えなくなるまでドアの前に立っていた。


雨は、まだ降っていた。全てを濡らしながら、天の涙を流し続けていた。

「こりゃひどいな」

ヒトの死体のようなものを見た、との通報を受け、地元S区警察署の警官が駆けつけた時の第一声である。

死体のようなもの、と言えば聞こえがいい。

正確には肉塊に近いものだった。

ずたずたに引き裂かれたそれは恐らくヒトであろう、と推測出来る程度である。

顔がなければ、何であるか分かりはしない。そんな状態であった。

路地裏に無造作に投げ出されたそれは、まだそんなに時間が経っていないのだろう。これだけのどしゃ降りにもかかわらず、黒く湿ったアスファルトには紅い血が洗い流される事なくたまっていた。

幾つもの現場を見てきた百戦錬磨の刑事達も思わず目を背けるような凄惨なものであった。

「……こんな酷い現場はそうそうあるもんじゃない。一体誰がこんな事を……」

ヒトの理解を超えるような事件——それが起こった瞬間であった。

「遅くなりました！」

警察の制服に着替えた田村直人が慌てて現場に入ったのは、立入禁止の封印がそろそろ解かれようとしていた頃だった。

交通整理の要員として呼ばれておきながら、雨の為に道路が渋滞して結局到着したのは現場検証が終了する寸前であった。

「遅いぞ、田村」

「すみません、道路が混んでいて……今から……」

「たるんどるぞ！　全く近頃の若い奴は──」

先輩警官の雷を適当に受け流していると、足元に何か冷たいものが流れてきた。うつむいて話を聞いている振りをしながら、それに目をやる。

赤い川であった。被害者の血液であろうか。妙に生臭かった。

「まあまあ、そのくらいでいいじゃないか。こいつだって非番だったんだろう。仕方ないじゃないか」

「リューさん……」

リューさんと呼ばれた男が、直人の目の前に立っていた。男の名は太刀川《たちかわ》隆三《りゅうぞう》。透明のビニール合羽の下はよれよれの背広。無精ひげを生やしたその男の年齢はおおよそ五十歳くらいであろうか。顔に深々と刻まれた皺が、それ以上の齢《よわい》を感じさせる。どこか憎めぬ笑顔を浮かべながらも、彼の目は鋭い刑事のそれであった。

「太刀川刑事──」

直人が身を正して敬礼した。片手を上げて挨拶すると、直人を呼び寄せる。

「ああ、リューさんでいい。そのほうが、気を遣わんですむからな」

「はあ……」

他の刑事達に適当に指示を出しながら、太刀川は直人をパトカーまで連れて行く。仕事は……と現場が気になる直人の襟を捕まえるようにして、パトカーに押し込んだ。

「太刀川刑事」

「いや、何。お前を呼んだのは俺だけぇな。話がしたくて呼んだんじゃ」

「話……」

それだけのために呼ばれたのだろうか……。せっかくの非番の日なのに……、と正直思ったが、直人は太刀川の話を聞く事にした。所詮警察組織は縦社会。先輩ににらまれる事は避けたい。

「十日から、お前と組むのは俺じゃ。よろしくな」

「あ、はい。お願いします」

「それよりな」

濡れた合羽を脱ぎながら、太刀川もパトカーに乗り込んだ。よれよれの背広の胸ポケットからおもむろに煙草を取り出すと、火を付ける。吸うか？　と勧められたが、直人は一応断った。

「お前、この事件どう思うよ」

「どう思うと言われても……。自分はまだ現場を見ておりませんし。何とも……」

「ああ、そうだな。ま、おいおい話すとするか。じゃ、このまま署に行くがいいか？」

「えっ！　ああーお願いします」

今、現場に着いたばかりなのにまた戻るのかー、と思ったが、口には出さなかった。運転はお前なと命じられて、しぶしぶ運転席に座り、署に戻る道へとクルマを走らせた。

道すがら、太刀川は静かに語り始めた。

ここ一年というスパンで見ると、この手の猟奇事件は連続性があるらしい。あるらしい、というのは太刀川が言っているだけなのではあるが、確かに手口が妙に似ている。発生個所はばらばらであるが、ヒトの形をとどめぬほど、遺体を損壊させている点、発見場所が屋外それも道路上や路地裏である点、目撃情報がない点などに共通点がある。

発生場所は都内だけでなく、関東圏、中部圏、そして東北圏にまで及んでいるという。

連続性を特定出来るほどの情報量が警察に集まっていないが、間違いないと太刀川は言った。

「それにな、現場には必ずこんなもんが残ってんだよな」

後部座席から、太刀川が身を乗り出して運転している直人にあるものを見せた。

「太刀川さん、危ないっすから」

「赤信号になったら見てみろや」

前を見据えつつも、直人が太刀川からそれを受け取った。薬ビンほどの大きさの透明な容器に、白く濁った粘液状の物質が入っていた。

「何ですかこれは?」

「分からんー」

「分からないって……」

「科捜研でも分からんそうだ。あいつらの言う事にゃあ、動物の唾液に成分が似ているそうだ。これな、半年前のものなんだが全く変質していない。そんなものが動物の唾液じゃねえだろう。そう思うだろ」

「……そうですね」

「俺のカンなんだがな、この事件、ひょっとして人間の仕業じゃないかもしれんぞ」

言葉を一つ一つ吐くごとに太刀川は自分の考えを練っているらしい。突拍子もない事を言われて半ば困惑しながらも直人はハンドルを握りつつ聞いている。これも仕事のうちだと割り切って耳を貸した。

「人間の仕業じゃないとしたら、何が関与してるんでしょうねえ」

「案外、怪物の仕業だったりしてな」

「太刀川さん、変なもの見すぎじゃないですか。科学の発達した今、そんな事あるわけないじゃないですか」

「馬鹿言え、田村。科学の発達した今だからこそ、ありうる話なんだぞ。どこかで何かがうごめいている——俺はそんな気がしてならないんだ」

「……自分に、どうしてそんな話をするんです？」

初対面とは言わないが、太刀川とはかつて一度も口を聞いた事がない。そんな人に聞かされる話ではない。こう見えても、直人は警察官の端くれだ。太刀川の言葉の裏を読もうとするのだが、見えてこない。

「お前の弟があった事故……あれにも、これと似たようなものが残されていたそうだぜ」

「!!」

「関係があるとは言いにくいが、全くないとも言い切れないだろう」

ルームミラー越しに見える太刀川の顔から笑顔が消えていた。

「真実がなんなのか、調べるのが俺達の仕事だ」

雨が激しくフロントガラスを叩いていた。すっかり暗くなった街をネオンが彩っている。ガラス越しに見えるそれに目をやりながら、直人は黙ってクルマを走らせていた。


実験を終え、田村隼人はそろそろ家に帰ろうと帰り仕度を始めた頃だった。後ろから呼びかける声に気がつき、振り向く。そこには帰ったはずの五十嵐健三博士が立っていた。

「五十嵐博士ー、お帰りになられたんでは——」

「いや、どうしても君と話がしたくて待っていたんだよ。そうだ、私の家で食事でもしながら話し合おうじゃないか。良かったら一緒にどうかね」

隼人はしばし考えた。

仮にも名誉教授である彼に誘われて、断るのは失礼だ。自分の保身に汲々とするような人間ではないが、先を生きる人の話は聞いておきたい、そう思った。だが、教授のラボに誘われている手前、懐柔出来ると思われるのもいやだった。

その時、腹の虫が泣き出した。真っ赤になりながら隼人はその言葉に甘える事にした。

「とりあえず、お話だけなら――」

「じゃあ、決まりだな。息子の嫁が作る料理は美味いぞ。それを食べながら研究について大いに語り合おう」

強引に手を引かれ、隼人は結局五十嵐の家に行く事になった。遅くなる事を兄に告げるため、自宅に電話をする時間が欲しいと五十嵐に言う。もちろん待つと言うので隼人は早速、学生課の公衆電話を使って自宅に電話をした。

しかし、いくらベルを鳴らしても返事はなかった。

「あちゃあ、仕事が入ったか。ま、いいか。それならそれで。俺より早く帰る事はないだろうしな」

受話器が置かれるのも待ち遠しいのか、老体に鞭打つようにして五十嵐が隼人をせかす。どうしてこれほど自分に入れ込んでいるのだろうかと思いつつも、同じ研究者としての話が出来るのは嬉しい。

タクシーが大学の玄関先に着いていると、職員が五十嵐に告げていた。いそいそと歩く彼の姿を見ながら、隼人も後を追った。その時だった。

五十嵐のポケットベルがけたたましく鳴り始める。革のカバンの中を探り、五十嵐がそれに目をやる。一瞬にして表情が曇り、怒ったような顔で公衆電話に走っていった。

「あ、五十嵐教授——」

「隼人君、少し待っていてくれないか」

「あ、構いませんが」

五十嵐はポケベルに浮かぶ電話番号を、正確に押す。正直、こいつには連絡をとりたくない。そういう日に限って「彼」から連絡があるのだ。

「五十嵐だが、何だね」

「例の件の進み具合を聞きたいと思いまして」

「そんな事は君が一番知っているだろう。分かっているんだぞ、私の周りをうかがっている事位な」

「私はそんな無粋な真似はしませんよ。それより、研究はそろそろ目処を付けて頂かないと。事件を押さえ込むのも大変になってまいりましたのでね」

「分かっておる！」

「素材はめぼしいのを拾っておきましたから、後は貴方次第です。早めにお願いしますよ」

「素材――君はそんな言葉を使うのかね」

「いけませんか」

「君達は人間を何だと思っておるのかねー」

「貴方に言われたくはありません。五十嵐博士、早くしないと被害が広がります。貴方の責任において決着をつけるのでしょう」

「柳田君ー　君という男は――」

「とにかく、お早めにお願いしますよ」

そう言うと、電話の向こうの相手が一方的に切った。ツー・ツーという悲しい音だけが五十嵐の耳に届く。はらわたが煮え繰り返るような思いをしつつ、彼は叩きつけるように受話器を置いた。後ろにいた隼人が驚いたような顔で見ている。それはそうだろう、温厚な人柄で知られる五十嵐の激昂する顔を見ているのだから。

「教授ー　ご都合が悪ければまたの機会でも僕はいいんですよ」

「……あ、いやなに。大丈夫だ。静江さんが美味しいものを作って待っているという連絡だったんだ。大丈夫大丈夫。じゃあ、行こうか」

釈然としないが、一学生風情が首を突っ込む事ではないと思った隼人は誘われるがまま、五十嵐の後を付いていった。

大学の正面玄関前の道路に、黒塗りのクルマが一台停まっていた。

濡れた路面に浮かび上がるネオンが、時折それを照らしている。

その後部座席には、サングラスをかけた男がシートに身を預けていた。紺色のスーツを身にまとい、白い手袋をはめ腕組みをしている。

と、
クルマの前を一台のタクシーがすり抜けていった。

「行け」

男は運転手に命じると、黒塗りのクルマはタクシーの跡を追うように走り出した。


隼人が五十嵐の家を出たのは、夜の十時を過ぎていた。もう少し早く切り上げるつもりでいたのだが、料理が美味であり、五十嵐家の温かさに触れている内に腰を落ち着けてしまった。

五十嵐の家は、博士の息子夫婦、そしてその娘との四人家族であった。隼人には兄以外の家族がいない。それ故に家族の団欒という記憶がほとんどない。

手に入れたくとも、決して得る事が出来ぬ「家族」の温もり。もし記憶が、自分に家族との記憶があったならば……家族がいたならば……。

ちくりと胸の奥が痛んだ。

食事の後、五十嵐が自分の研究の資料を見せよう、と言って隼人を自らの書斎に案内した。流石は学者と呼ばれる人物。壁はもちろん本棚で埋め尽くされ、入りきらない本がそこかしこに置かれていた。

圧倒される隼人に、五十嵐は本がないと落ち着かんのだよと苦笑しその中からいくつかの資料を開いて見せた。

それは、五十嵐の研究成果であった。目を通しながら、隼人は思わず感嘆のため息を漏らす。どれをとっても素晴らしい。神経細胞からの信号を読み取り、電子回路に伝える研究。分子レベルでの生体細胞と金属の融合。

まさに隼人の理想とするところがここにあった。

どうかね、との問いに隼人は答えた。

「博士の研究に感動しました。是非、博士の下で研究したいと思います」

心臓が早鐘のように鳴っている。緊張のためではない、興奮のためだ。

五十嵐は満足そうに笑っていた。

家路を歩きながら、はやる心を抑えられない。たとえ兄・直人が反対しようと自分の意志は変わらない。

五十嵐博士の下で、研究助手として働きたい。大学で行う事と言えば、卒論をまとめて提出しなおすだけだ。大学の実験よりも、より実践的な研究に従事したいと思うのは、研究者としての欲なのだろうか。大学に残っていても、教授の雑用を押し付けられるだけだ。

雨は未だ降っている。しかし、隼人の心は非常に晴れやかであった。体中の血液が沸き立つほど興奮している。

濡れたアスファルトを蹴る足も軽やかに、鼻歌などを口ずさみながら隼人は歩いていた。

まもなく自宅へ着こうかというところまで来て、隼人はふと異様な臭いに気が付いた。

生ゴミに、錆びた鉄をまぶしたような臭いである。生臭い。

足を止め、辺りを見回してみるがゴミなどが放置してあるような事もない。大方野良猫が何処かでゴミを漁っているのだろうと思い、気にかける事もなくアパートの階段を上りかけたその時であった。

びたん
びたん
柔らかい大きなものを硬いアスファルトに打ち付けるような音がした。

何だろう、と隼人は後ろを振り返った。

そこにいたものは――

虎のような目をした大きな獣が四足で濡れた大地を踏みしめている。ライオンのような鬣を持ち、黒豹の如くしなやかな体。四肢の鋭い爪は研ぎ澄まされたナイフのようだ。

そいつはヒトよりも一回りは大きい。真っ赤に濡れた口には白いものを咥えている。

「――っ」

隼人は声をあげようとしたが、喉が拒否していた。脳が思考を拒否し、体に命令を伝えていないのだ。

獣の姿をしたそいつは、口にした白いものを振り上げては大地に打ち付けている。猫が獲物をいたぶるように。

ギロリ、とそいつの目が動いた。らんらんと金色に光る瞳が隼人をにらみつけている。

化け物……異形の物……。

足がすくんで動けない。ただ隼人は傘を持って立ち尽くすしか術がない。

隼人の存在に気付いた化け物は、くわえていた白いものを吐き出し、にやっと笑った。

白いもの――それはヒトであった。ヒトの上腕であった。

赤い血を滴らせ、涎にまみれた口を開けて隼人に襲い掛かってくる。

本能的に隼人は頭を下げる。手にした傘で化け物に応戦する。

ビニール製の傘などあっという間に化け物の爪によって破れてしまった。

ひっと、小さく声を上げる。化け物の生臭い息が鼻を突いた。震える体を引きずるようにして逃げるのだが上手くいかない。

あれは何だ。あいつは何だ。化け物？

巨大な黒い化け物は、隼人に狙いを定め鋭い爪を振り上げる。逃げ場はない。為す術もなく餌食になってしまうのか……。

やられる――隼人は目を閉じた。

パシュン、パシュンッ！

二発の発射音が聞こえる。

次の瞬間――。

「ぎゃあっ！」

悲鳴にも似た声が雨の中に轟いた。隼人は恐る恐る目を開ける。するとそこには大きな化け物が眼窩を押さえ、のたうちまわっていた。身をよじるごとに飛沫が飛ぶ。それは赤く血に染まっていた。

金色の瞳は光を失い、代わりに赤い血がたまっている。

目の前にいる化け物は手負いとはいえ未だ隼人に向かって唸っている。食い千切るぞと威嚇している。いつでも屠ってやるぞと血が絡んだ目でにらんでいる。

「逃げろ！　死にたいのか！」

聞き覚えのない男の声にはっと我に返る。紺色のスーツに身を包んだ見知らぬ男が隼人の肩に手をかけ、無理矢理後方に下げさせる。そして化け物の前に躍り出ると手にしていた拳銃の引き金をひいた。

化け物が襲い掛かるのと同時であった。銃声と化け物の声とが雨の中に響き渡る。

男は化け物の体に何発もの銃弾を撃ち込んだ。全弾命中させた。

大きな黒い化け物は暴れて血飛沫を辺り一面に撒き散らした。

足を砕かれ、腕を砕かれ、腹をも破られた化け物が天を仰いだ。雨と血で濡れた体を震わせ、吼える。

おおーん
おおーん
大地さえ震えるような低い低い声であった。そして、化け物は雨に溶けていくように消え去ってしまった。

隼人は目の前に起きた事が現実なのか、夢なのか、区別がつかないでいた。スーツをまとった男に肩を叩かれ揺り起こされても、体がふわふわと宙に浮いているようでどこか現実味が沸かない。

ひどく頭が痛い。

男が耳元で何かを言っているが、全く聞き取れない。体が震えている。

コンピュータがシャットダウンするかのように、隼人の意識は落ちてしまった。

折角の休日に呼び出され、いささか不機嫌な直人であったが、太刀川の話を聞いているうちに己の刑事魂に火が付いていくのを感じた。

真実だけを追い求める、それが刑事の真なる姿。

連続して起こっている不可解な殺人事件。遺体に遺された「噛み千切られた痕」は、決してヒトの手では成し得ない。現場に残っていた透明で粘着性のある液体と爪痕。

それらは全て、十年前に起きたN県での事故現場でも残っていた。そう、隼人が巻き込まれたバス事故――

奇妙な符号――。

「どうだ田村、面白いだろう」

煙草をくゆらせながら太刀川が言った。殴り書きの資料に目を通しながら、直人がため息をつく。

「真実が知りたい――。自分はこの事件の真実を追ってみたいと思います」

「よく言った！　じゃあ、十日から俺の下でこの事件を追ってみるか」

「はいっ！」

その時――。

机の上の電話がけたたましく鳴った。直人が出ようと腰を上げかけたが、太刀川が先に受話器を取った。

すみません、と一言謝り直人は窓の外に目をやった。雨はまだ降っていた。

十年前のあの日も雨が降っていた。そう、まるで今日の雨の如く、アスファルトに叩きつけるように降っていた。

バス事故の真相は何なのだろう。

あの事故は、運転手の居眠り運転による、前方不注意であると説明されていた。

警察とバス会社、両方からそう聞かされていた。

当事者である隼人に聞こうにも、事故の事はおろか、自分の事さえ分からぬ始末。

被害者の家族としては、彼らの説明を信じるしかなかった。

雨は降り続いている。

十年前のあの日のように――

「おい、田村大変だ！」

太刀川が血相を変えて直人を呼び寄せる。

「弟さんが倒れて病院に運ばれたそうだ」

「えっ――」

直人は警官の制服のまま、隼人が運ばれたという病院に駆け込んだ。

雨の日は、隼人の心をかき乱す。記憶を失わせる事となった事件が、彼の心の奥底にあるものを呼び出すのだろうか。

一体何があったのか。

「直人っ!」

診療時間も終わり、明かりの落ちた病院の待合室をうろつく直人に声をかけた者がいた。白いナース服に身を包んだヨーコであった。

「ヨーコ……」

「隼人君はこっちよ。今、診察が終わったところ」

「隼人は大丈夫なのか?」

「――とりあえず、歩きながら話しましょう」

カツカツと誰もいない廊下に足音だけがこだまする。ヨーコが何かを言っているが、直人の耳には全く入っていなかった。何故という言葉だけがぐるぐると頭の中をめぐっていた。

明かりのない廊下に緑色の非常灯だけが輝いている。

処置室と書かれた部屋に通された。

と、幾つもあるベッドの中の一つに、隼人が静かに横たわっていた。

「隼人！」

「あ、待って。まだ——」

ヨーコが止めるのも聞かず直人は駆け寄った。閉じられた瞳。血の気を失った顔色——

まさか——

「大丈夫。今は眠っているだけ。大丈夫だからそんなに焦らないで」

ヨーコが直人の肩にそっと手を置いた。よく見れば、隼人の胸は規則正しく上下していた。

すうすうと寝息も聞こえてきた。

「よかった——」

へなへなと床に崩れ落ちそうになるのを何とか耐え足を踏ん張った。

「その様子だと、さっきの話全っ然聞いてなかったわね」

「あ……すまん」

「仕方ないわね。もう一度説明するからよく聞いてよね」

処置室を後にして、ふたりは再び待合室に戻った。先程は気付かなかったが、常夜灯の下の椅子にひとりの男が腰掛けていた。

紺色のスーツに身を包み、髪を撫でつけた四十代の男。腕を組み、じっと一点を見つめていた。その目は異様に鋭かった。

ヨーコと直人の姿に気付き、男はスッと立ち上がった。

「お待たせしてすみません」

と、ヨーコは彼に向かって頭を下げた。すると男は温和な笑顔を見せる。

「こちらの方は？」

「こちらは柳田さん。隼人君を病院に連れて来て下さったの」

柳田と呼ばれた男は直人に握手を求めた。

「警視庁の柳田と申します。初めまして」

警視庁と聞き、直人の背筋がすっと伸びる。

「じ、自分は――」

「そんなに硬くならないで下さい。警視庁所属といっても雑用係のようなものです」

にっこりと笑いながら柳田が言った。

ヨーコと柳田の説明によれば、隼人はこの雨の中、自宅近くの道路で倒れていたらしい。通りかかった柳田が彼を見つけ、救急車を呼びヨーコが勤めるこの病院に担ぎ込まれたそうだ。

隼人の容態は、大した事はなく、意識がないというよりは、眠っているといった方が正しい。頭部の打撲の様子もなく、心配要らないようだ。

柳田はヨーコから、隼人には兄以外の身内がいないと聞かされ、それは心配だと直人が駆けつけるまで付き添ってくれたそうだ。

直人は丁寧に礼を言うと、柳田がこれも警官の仕事のうちだと静かに言った。

「君も現場の人間ならば分かるでしょう。市民の不安を取り除くのが我々の仕事。それがどんな些細な事でもね。私は警官として当たり前の事をしたまでです。さて、そろそろ帰りますね。お兄さんが見えたから安心です」

「お送りします！」

敬礼し、直人が玄関まで見送ると言ったが、柳田は隼人の側についていてやれとだけ告げ、立ち去った。

軽く一礼し、直人とヨーコは彼の姿を見送った。

「優しい方ね」

「ああー」

「警察官が皆、あの方のような人だったらいいのにね」

「そうだな」

「さて、私も仕事に戻ろうっと。ドクターからの説明があるだろうからもう少し待っててね。多分、意識が戻ったら帰宅してもいいと思う」

と、ヨーコが腕時計をチラッと見ながら言った。そしてゴメンネと一言謝って足早に去ろうとする。しかし、直人はその手をつかんで無理矢理に引き寄せた。

「何よ」

ナース服姿の彼女を抱き寄せ口付ける。

温かい唇。

「ありがとう。すまない」

「お礼は私に言っても仕方ないのよ。ったく」

そう言いながらもヨーコの頬が赤く染まる。もう一度口付けを交わした。

「さ、今日はこれでおしまい。続きは今度のお休みの日にね」

直人の額を軽く指で弾いてから、ヨーコは暗い廊下を走っていった。

足音が聞こえなくなるまで、直人はひとり彼女の姿を見送っていた。

病院の正面玄関に一台の黒塗りのクルマが停まっていた。雨は小降りになっている。かすかにアスファルトを濡らす程度であった。

柳田が玄関脇の通用門から出て来ると、運転手が素早く後部座席のドアを開けた。さして礼を言うわけでもなく、柳田は乗り込んだ。

どちらへ向かいますかとの運転手の問いに、柳田は例の所へと告げた。

日本製の高級車がゆっくりと走り出した。

決して運転手などと言葉を交わす事のない柳田が珍しく口を開いた。

「偶然が二度重なれば必然。必然も二度重なれば運命——。お前は運命というものを信じるか？」

濡れたアスファルトを切り裂くようにクルマは走り抜ける。

「信じていないと言えば嘘になりますが、私は今までの人生で運命的な出会いなどした事はございません」

穏やかな口調で老紳士風の運転手が答えた。

「そうだな。私も信じてはいなかった。しかし、こうも続くと、運命というのを信じる気になったよ」

柳田は煙草をくゆらせた。鏡のように映る街を見ながら、にやりと笑う。

「運命には抗えぬのか。何人も——」

広い、広い空間に闇が一面に漂っている。光は全く差していない。時折、淡い燐光がふわりふわりと浮かび上がっては消えていく。

音はない。

ただただ静かな闇が広がっていた。

と、
ひたり　ひたり　ひたり　ひたり
足音が響いた。

燐光に晒された足音の主が、ほのかに浮かび上がる。

四足の獣――。しなやかな肉食獣の姿をしている。艶やかな黒色の毛で覆われた体はしっとりと濡れていた。豹に似た顔には血が絡んでいる。目があるはずの眼窩には、血が固まり光を塞いでいた。物を見る事が出来ぬのか、首を左右に振りたくっていた。その度に濡れた音が静寂の闇に響いた。

「珍しい。お前が傷を負うなど――。人間如きにやられたか」

その時だった。

淡い燐光が一気に強いものとなった。微かに光る緑色だったものが、白く輝き闇の空間を消し去った。

そこに現れた者は――

体育館ほどの空間に一面に置かれたカプセル。透明なガラスで作られたそれは緑色の液体で満たされている。中には肉の塊のような物が浮いていた。こぽりと肉塊が動くたびに、液体が光を放っていたのだ。

無造作に転がっているコンピュータ。床をはう無数のケーブルとパイプは全てカプセルに接続されている。

空間の中心に、ひとりの男が立っていた。

身の丈は二メートルほどあろうか。長い銀色の髪を一つに束ねている。端正な顔立ちをしているようだが、瞳は細いサングラスで覆われていた。年の頃は二十歳程度の若い男だ。

血のように紅い唇が、にぃっと吊り上がった。

男の前に、四足の獣が蹲っている。

「人間如きにヤられる愚か者などいらぬ。我等は絶対的進化を遂げたもの——。下等なものに傷つけられるものなど、いらぬわ」

男が一歩足を踏み出した。四足の獣が身をすくませる。震えが止まらない。男はそいつの首を鷲づかみにすると高々と掲げる。

「ギ……バ……様」

「貴様などいらぬ。死ね」

ギバ――獣は確かにそう言った。ギバと呼ばれた銀髪の男の顔に、残忍な笑みが浮かんだ。全ての物を凍てつかせるような笑みであった。ぐっと男の手に力が込められた。

丸太のように太い獣の首に、男の細く形の良い指が食い込んでいく。細い体のどこにそんな力があるのだろうか。

獣がもがき、四肢をばたつかせている。苦しげに口を開いて泡を吹き出していた。

「死ね」

男が静かに言った。ぎちぎちぎち――黒き獣は不気味な声を上げたかと思うと、息を吐き首を垂れた。次の瞬間、足先からしゅうしゅうと白い泡が出始める。やがてそれは全身を覆いながらその体を溶かしていく。

まるで強い酸を浴びせかけたように、肉は削げ落ち、骨は脆く崩れてしまった。

その様を、男は眉一つ動かさず見つめている。ぽたりぽたりと溶けた肉塊がこぼれていく。そして獣であったものは全て溶け落ち、床に僅かな液体が残るのみとなっていた。

「……弱い。脆い。我等はヒトを滅するべきものであるはずなのに、何故これほどまでに弱いのか。何が、何が足らぬ！」

銀髪をかき乱し、男が吼える。濡れた床を蹴飛ばし、パイプやケーブルを感情の趣くままに引き抜いた。

「我等がヒトなどという下等生物に負ける事など、あってはならぬのだ」

びりびりと空気が震えた。狂気に満ちた瞳がカプセルを捉える。男はサングラスを床に投げ捨てた。光彩は、ヒトのそれではなかった。トカゲのような、金色の瞳――。

端正な顔を形作っていた皮膚は裂け、その下から爬虫類のウロコによく似た灰色の皮が現れた。手の爪は鋭く伸び真っ赤な口からは蛇のような舌がのぞいていた。

そこにいたのは人間の男ではない。

みるみるうちに頭部は歪み、眼球は飛び出し天に伸びていく。

醜い生き物がそこに立っていた。

「何が、何が足らぬというのだっ！」

ギバ――G．I．V．A．は叫んだ。


白い天井――。消毒薬の臭い。薄い毛布が体にかけられていた。

「ふあー」

ゆっくりと体を起こしたのは田村隼人であった。欠伸をしながら辺りを見回した。

「よく寝たー」

幾つもの白いベッドが並んでいる。傍らに置かれた薬剤と、頭の上に垂れ下がったスイッチ。

「あ、病院か」

一瞬自分がどこにいるのか隼人には分からなかった。確か、五十嵐の自宅で夕食をご馳走になり、博士の研究資料を見せて貰ってから家路についたはず。家でくつろいでいるはずなのに、どうしてこんな所で寝ているのだろうか。

首を捻るが憶えていない。五十嵐宅で多少酒を飲んだが、記憶が飛ぶほど飲んだつもりはない。兄ではあるまいし。クエスチョンが頭の中を駆け巡った。

「……ま、いっか」

どこも痛くないし、気分も悪くない。大した事ではないのだろうと思い、隼人はベッドから下りた。

さて、どうしたらよいのだろう。このまま無断で出て行ってはいけないのだろうが、誰もいない。家に帰りたいのだが……。

窓から外の様子を窺おうと足を踏み出したその時、ぶに、と柔らかい何かを踏みつけた。妙に生温かい。

「ぐぉっ！」

それに、妙な声が聞こえた。

「お前――」

恐る恐る足元を見てみると――

そこには床の上に簡易ベッドを置いて眠っていた兄、直人がいた。思いっきり彼の額を踏みつけていたのだった。

「あり、兄貴。なんでこんなところにいるの？」

「――とりあえず、足をどけろ。重い！」

言われるがまま足をどける。隼人は再びベッドに腰掛けた。今度は直人が立ち上がり、額の辺りをさすりながら言った。

「ったく、人の頭を踏みやがって。兄を何だと思っている！」

「そんな事言ったって、こんな床で寝ている兄貴が悪いんだろう！」

「……それよりも、お前気分はどうだ？」

「ん？　平気だぜ。よく寝てすっきりした位だ」

「そうか。ならいいけどな。じゃ、帰るとするか」

隼人にベッドの上を綺麗に片付けさせ、ふたりはそこを後にした。

何故、自分が病院で寝ていたのか、それを兄に問うのだが、兄は酒を飲みすぎるなと言っただけであった。腑に落ちないが、兄が言うなら真実なのだろう。結局飲みすぎで道路にでも横になっていたのか。

雨の中なのに——。

いくら考えても答えは出てこない。隼人はこれ以上考えるのをやめた。

病院から出ると、すっかり雨は止んでいた。昇りかけた太陽が東の空を明るく染めている。夜が明けていた。

「夜明けだな。ああ、何だか一日無駄にしたような」

「そんな言い方しなくてもいいだろう、兄貴！」

濡れた緑から滴が落ちている。太陽の光を受けてきらきらと輝いていた。

ふたりはそれ以上何も言わず、家路についた。

第三章　殉難

それから一ヶ月程が経過しようとしていた。

隼人も直人も、互いの仕事に忙殺され、すれ違いの生活が続いていた。

晴れて夢である刑事の職に就けた直人は、太刀川と共に連続殺人事件の捜査にあたっていた。この一月で既に六件もの事件が連続して起こっている。被害者に共通点もなければ、目撃者も皆無。

被害者の死因のほとんどが、出血性ショック死であった。

遺体は必ずと言っていいほど無残に損壊され、現場には何か鋭利なもので切りつけたと思われる三本の筋状の傷が残っていた。屋内の犯行ならば壁や床、屋外であったならばアスファルトに刻まれている。

そして、必ず現場に残されている透明な粘着質液体。

多数に渡り、現場には証拠たるものが残っているのにもかかわらず、犯人に結びつける事は出来ない。

これはヒトの手では成し得ない犯罪ではないか。現場の担当官はそう思い始めている。しかし、仮にそうだとしても、何がヒトを襲っているのか。

真実は深い深い闇の中にある。

太刀川と田村直人は、新たな遺体が発見されたとの通報を受け、現場に急行した。

今月、七件目の事件となるだろう。刑事になって一ヶ月で、これほどまでに凄惨な事件の担当になるとは、直人は正直思っていなかった。それでも、十年前の事故の真実を追い求められるのなら、と耐えていた。

「そうそう、N県警の方がな、事故の資料を見せてくれるって連絡があったぞ」

助手席に腰掛けている太刀川が煙草をくゆらせながら言った。

「本当ですか?」

「ああ、当時から向こうも不審な点があるとは思っていたらしいが、上の都合で事故として処理したんだと」

「え? どういう事ですか?」

「さあね、お偉いさんの考える事は俺には分からん。向こうの好意で見せてくれるそうだ。この事件が片付いたら、見に行くか」

「あ、はい」

ふたりを乗せたパトカーが、現場に到着した。そこは、普段から人通りの少ない公園の一角であった。こんもりと木々の生い茂る生垣にもたれかかるようにして、遺体が転がっていた。かろうじて、ヒトと分かる程度であった。

「またこれは酷いな」

太刀川が思わず手で口を覆った。

直人は卒倒しそうになるのを必死で堪え、鑑識係と連携して仕事を始める。

現場には、無数の三条の傷痕が残されていた。

一方、弟の隼人は五十嵐健三博士の招きを受け、彼の主宰する研究所で働く事となった。

幸長教授の方には断りを入れてある。卒論もほぼ書き終え、卒業に必要な履修科目の単位も既に取ってある。卒業まで大学に行かなくとも差し支えないということだ。

この研究所は東京郊外のいわゆる学園都市といわれる地域にあった。一見、普通の事務所と変わらないような建物であるのだが、中に入れば最先端の機器が所狭しと並んでいた。数人のスタッフがコンピュータの端末に張り付いてデータを取っている。

無数のケーブルが床に張り巡らされていた。その先にあるものは――。

ヒトを模した金属の塊が手術用のベッドに横たわっていた。頭部はなく、代わりにケーブルが束ねて丸めてあるだけであった。首からはヒトの脊椎に似た形をしたものが金属で作られている。もちろん、腕部・胸部、そして脚部も同じく鈍く光る金属で出来ていた。

そう、ヒトの骨格をほぼ全て金属で置き換えてあるのだ。

各関節を繋いでいるのは筋肉や軟骨ではなく、高分子体や電気コードである。

隼人はそれを横目で見やりながら、更に奥の部屋に足を運んだ。

仕切られた部屋には、コンピュータの他に、水槽が幾つも置いてあった。それぞれに監視用の液晶モニターが付けられている。中には白い糸くずのようなものが入っていた。

五十嵐健三が興味深げにそれらに見入っている。

「博士。遅くなってすみません。電車が遅れたもので――」

「気にしなくてもいい。それよりも、随分と好調のようだね」

「ええ、今のところ順調に融合しています。計画どおりに進んでいます」

「そうか。それは素晴らしい。君の柔軟な発想がなければここまで進まなかっただろう」

にっこりと笑いながらなおも五十嵐は水槽の中の糸くずを見ていた。

それは、ヒトの神経細胞にあたるものである。ある動物の細胞から取り出した神経組織を培養したものだ。体液と同じ状態にした液体がこの水槽に入っている。神経細胞は順調に成長し、目に見えるまでになったのだ。

隼人はその組織に、命令を載せたナノマシンを走らせるという実験をしている。生体細胞と金属を融合させるという命令をナノマシンに載せ培養された組織に注入する。

今のところ、拒否反応もなく順調に成長していた。

「本当に順調だね。この分なら、来週にも培養液から取り出せるだろう。隼人君、よくやった」

五十嵐が満足げに笑った。

「いえ、そんな――」

五十嵐の研究に共鳴し、兄の許しを得ないまま、隼人はここで働く事を決めた。

自分の研究が現実になる。この喜びは研究畑の人間以外には分かるまい。いくら言葉で説明しようとも、他人には理解出来ないであろう。

その喜びを叶えてくれるきっかけを与えてくれたのは、五十嵐である。

隼人は自分の研究を一つ一つ形にしながら、心の中に湧き上がるものを抑える事は出来なかった。ここにいれば、機材も自由になる。何よりも研究費に糸目をつけずに行動出来るのは魅力である。魅入られている、そう言っても過言ではない。

しばし五十嵐と共に資料を見ながら今後の実験について打ち合わせをする。彼らの最終目的は、金属と生体が融合したサイボーグ。金属を人間の四肢に置き換える為の研究をしているのである。

と、机の上の電話が鳴った。隼人が出ると、五十嵐に客が来ているので取り次いで欲しいとの連絡であった。

言われたとおりに取り次ぐと、五十嵐は少し不機嫌な顔をした。だが、すぐ温和な顔に戻った。

五十嵐は隼人に幾つか問題点を指摘し、改善するように指示するとゆっくりとした足取りで部屋を後にした。


応接室に、ひとりの男が座っている。紺色のシングルスーツに、レイバンのサングラス。髪を撫でつけた四十歳位の男。

柳田誠一がそこにいた。黒い合皮製のソファに座り、コーヒーに口をつけている。

「柳田君かね」

「どうですか、研究の方は進んでおりますか?」

サングラスを外しながら、柳田が言った。笑みを浮かべながらもその瞳は決して笑ってはいない。凍てついた目で五十嵐を見ていた。

「順調だよ。今回は何だね」

五十嵐は軽く咳払いをし、柳田の向かい側に腰掛ける。ぬるくなったコーヒーに口をつけつつも、柳田のほうを決して見ようとはしなかった。

「それなら結構です。しかし、少し急いでもらわないと、我々にはもう押さえが利かないレベルまで被害が出ています。公表されるのも時間の問題ですね」

「……君は私を脅迫しているのかね？」

「そんなつもりはありませんよ。これ以上時間がかかればかかるほど、被害は甚大になるでしょうね」

「……君の甘言に乗らなければ良かったよ。あの実験さえ行わなければ、こんな事にはならなかったのだからな」

「過ぎてしまった事をとやかく言っても遅いですよ、博士。工学の権威と言われている方が過去ばかり振り返っていては示しがつかないでしょう」

そう言って柳田は脇に置いてあったアタッシュケースから数枚の白い紙を取り出した。A四判の紙に横書きで何かが書かれている。ワープロで記された書類を五十嵐に手渡す。

「とりあえず、こちらが第一候補です。決定されるのは貴方ご自身で行ってください」

「あくまでも君は責任を取らないと言う訳だね」

「責任を取るのは私の仕事ではありません。その辺りはご了解頂けていた筈ですが」

「全く君と話していると腹が立つばかりだ。少し黙っていたまえ！」

五十嵐は荒い口調で言い放つ。そして書類に目を通した。

履歴書に似た形式の書類には顔写真が添えられている。数人分の書類の全てが二十代の男性であった。

一つ一つ目を通していく五十嵐の手が止まった。わなわなと震え始める。

「柳田君、これは、これはどういう事だね！」

「どういう事かと申しますと？」

五十嵐は立ち上がり、手にしていた書類をテーブルに叩きつけた。

ばらばらと紙が舞う。

「私は素材を集めて来ただけです。何か問題でも？」

柳田がニヤリと笑う。

叩きつけられた書類の中に、ひとりの男の経歴が書かれている。

その名は、

「田村直人」

隼人の実の兄の名であった。

「これは、どういう事だと聞いているのだ。何故彼の名がここに挙がっている！」

「偶然ですよ。身体能力が合致する人間を我が組織の中からピックアップしたら、たまたま彼の名があっただけです」

人を見下したような笑いを浮かべながら柳田が言った。

「その資料に目を通していただければ分かりますが、全員身体的特徴は共通していますよ。貴方が仰った通りにね」

「く……」

「選ぶのは貴方の仕事。私の仕事は貴方の選んだ素材をここに連れて来る事。早く決着をつけないと、どんどん犠牲者が増えていきます。貴方がいつまで耐えられますかね」

「この仕事だけはきちんと片をつけよう。しかし、これが終わったら君とは縁を切らせてもらう！出て行きたまえ！　しばらく顔も見たくない。追って連絡する。それまでここに来るんじゃない！」

老いた体を震わせて五十嵐が激昂した。拳を握り締め、耳は興奮のため赤く染まっていた。

「あまり興奮されては、お体にさわりますよ」

「うるさい！　出て行きたまえ！」

「分かりました。では、連絡をお待ちしています。しかし、あまりかかるようでしたら、こちらよりお伺いしますよ」

柳田が落ち着いた物腰で立ち上がる。五十嵐を見やってから、ゆっくりと部屋から出て行った。

ひとり、五十嵐だけが残される。テーブルの上に置かれた数枚の紙切れが、空調の風に煽られてかさりかさりと音を立てていた。

「若い人間を巻き込まねばならないのか。私があんな事を思いつかなければ――」

握り締めた拳をテーブルに叩きつける。己の研究が、全ての始まりである。

一つの命を創造する事。その夢を叶える為に奔走しただけなのに。生殖という行為を伴わず、全く新しい生命を生み出す事が最大の望みだった。

やはり、神の領域に手を出す事は禁忌であったのか。

人の手に余る――。

結果、生み出された命は意志をもち、人に叛旗を翻した。

命を狩り始めたのだ。

暴走した生命を止めるのは、創造者の務めなのであろうか。

五十嵐は無造作に置かれた資料をつかんで床に投げ捨てる。全てを放り出したい。自分の尻拭いを前途ある若者に託すのは間違っている。

だが、あの命――ギバと名付けたモノ――を倒すには、人の力だけでは無理なのだ。

極秘裏に始末するには――。

「仕方ない、仕方ないのだ。こうするしかないのだ」

五十嵐は白髪を振り乱して叫んだ。それは己の心に言い聞かせているようであった。

その時、応接室のドアがノックされた。慌てて五十嵐は床に飛んだ資料をまとめ、テーブルの上に伏せた。

「何だね」

ドアが開き、若い研究員が顔を出した。

「人造筋肉の実験を見ていただきたいのですが」

「ああ、分かった。すぐ行く」

乱雑に資料をまとめてから脇に抱え、五十嵐は応接室を後にした。

第四章　点綴

ヒト以外の生物が、明確にヒトの体を屠るためだけに果たして人間を襲うのであろうか。

車窓に映る景色に目をやりながら、田村直人は考えていた。

N県に向かう特急電車の中である。

黄色のポロシャツにカーキ色の綿パンというラフな格好であった。彼のとなりには、水色のワンピースを着たヨーコが座っていた。

久しぶりに、ふたりそろって休暇が取れたのだ。それも三連休。

これを逃したら、次の機会はいつになるのだろう。一年先になるか、二年先になるか――。

思い切って旅行に出かけよう、と切り出したのは直人の方であった。場所はN県とA県境に近い、ある温泉郷。温泉にでもつかりながらゆっくりしようとヨーコを誘ったのだった。もちろん、彼女の返事はＯＫ。

直人には別の目的もある。

休暇のついでに、N県警のI警察署に顔を出すつもりであった。

そこには、十年前のバス事故の資料が残っている。そう、隼人が巻き込まれたあの事故だ。

今、捜査している連続殺人事件。調べれば調べるほど、不可解である。どう考えても、ヒトの手による殺人ではありえない。

ヒトがヒトを殺害する場合、凶器を用いる事が多い。もちろん絞殺の場合、素手の可能性がないわけではない。

薬殺以外では「何を用いて殺害したか」を調べれば殺害に至る状況ははっきり分かるのだ。

だが、今回の連続殺人事件ではどう調べても凶器が分からない。

被害者の死因は、失血死。

鋭利な物で斬りつけられ、動脈が損傷したためである。

鋭利な刃物、それは包丁・ナイフ・刀などが考えられる。しかし、今回の事件ではそれにあたるものがない。

切り口がそれ程鮮やかではないのだ。無理矢理引き裂いたような傷痕。

そして、遺体には必ずと言っていいほど歯型が残っていた。

ヒトの歯型ではない。

ネコのような動物のもの——。

屠られているのだ。

臓物を引き出され、屠られていた。

何かがヒトを襲い、食っている。

鑑識の結果、歯型は大きく、相当体躯がでかい動物に襲われたのではないかと推測される。そう考えるのが妥当ではないだろうか。

捜査会議で進言してはみたものの、一笑に付された。そんな事、ある訳がないと。

悪いビデオの見すぎだぞ、と他の捜査員にからかわれてしまった。

太刀川を除いて。

この説を最初に言い始めたのは何を隠そう太刀川であった。

現場で真っ先に「不可解なもの」を見つけたのは彼である。遺体に残された歯型も、唾液に似た粘液も一番初めに見つけたのは彼であった。

上にその事を進言しても、受け入れてもらえない。

何かに押さえつけられているかのように、のらりくらりとかわされてしまう。

認めたくないのだろう、東京という大都市で、何かが暴れている事実を。

しかし直人とて、太刀川の考えを聞くまではそんな馬鹿馬鹿しい事があるはずはないと思っていた。

弟・隼人の腹の傷と、被害者の傷はよく似ているのだ。

十年前、バスの横転事故の際負った五本の傷痕。ガラスの破片で傷ついたのだろうと直人は思っていた。

が、連続殺人事件の被害者の遺体に残された傷痕も五本で、何かで引っかいたようであった。

あのバス事故の原因は、運転ミスによるものだと聞かされている。

だのに、調べれば調べるほど現在東京で起こっている連続殺人事件に酷似している。

あの日、何があったのか。

今、何が起こっているのか――。

田村直人は真実が知りたかった。

「ねえ、直人。聞いてる?」

ヨーコの声で、ハッと我に返った。

「次、乗り換えでしょう。そろそろ降りる準備しなくちゃ」

「あ、もうそんなところまで来てたのか。いつY県抜けたんだろう」

「もう、何を考えてたのか知らないけど、ずーっと黙ってるんだもの。富士山が見えたけど、教えてあげなかったわ」

「そんなあ、俺結構楽しみにしていたのに」

「知らない。折角の三連休なんだから、難しい事考えるのはやめて、楽しみましょうよ」

「ああ」

「じゃあ、荷物お願いね」

「えっ……？」

ヨーコはブランド物のハンドバッグ一つを左手にデッキの方へ向かっていく。その後を、ボストンバッグやらリュックやらを担いだ直人がよたよたと付いていく。

二泊三日の旅行の予定である。

しかし、ヨーコの荷物は四泊分くらいもある。一体何が入っているのだろうか。ちなみに、直人はデイバッグ一つ。

「早くしないと、降りられなくなるわよ」

「何が入ってるんだ？」

行き交う他の乗客が、うさんくさそうな顔をして直人を見ていた。

愛想笑いを浮かべながら、直人はヨーコの後を追った。

特急電車を降り、目的地の温泉郷までは快速列車に乗る事となった。がらがらの車内に乗り込んで、出発を待った。やがてゆるゆると列車が動き出す。

柔らかい太陽の光を浴びて、木々の葉が折り重なっている。山間の路線は、緑のアーチの中を走っているようであった。

かたん、かたん、と揺られているうちに、次第に眠気が襲ってくる。

直人とヨーコは寄り添うように眠りについた。


「うわあ、すっごーい」

予約していた宿に着いたのは、快速列車に乗り換えて既に二時間近く経っていた。最寄の駅から、今度はバスで三十分。田舎の風情を楽しむためとはいえ、かなり辺鄙なところにある温泉郷。

流石《さすが》にヨーコも直人もぐったりしてしまった。

だが、疲れを吹き飛ばすだけの景色が宿の窓から見えていた。

山間の渓流が、眼下に広がっている。透き通った水がとうとうと流れ、飛沫を上げていた。木々は天に向かって伸びている。

温泉宿は丁度川を見下ろせるような山の中腹に建てられている。

案内された部屋から眺める景色は、まるで一枚の絵のようであった。

うっとりと窓から景色を見ているヨーコを尻目に、直人は手にしていた荷物をどっかりと下ろした。肩はパンパンに張っている。足はガクガク、腰はズキズキ。

無理もない。自分の荷物に加え、ヨーコの膨大な荷物をひとりで持っていたのだ。

景色を眺めるよりも先に、休みたかった。

「つ、疲れた」

「何言ってるのよ。見て、この景色。すっごい綺麗よ」

やれやれと思いつつ、直人も窓から景色を眺めた。ヨーコが言うとおり、まさに絶景であった。

「ああ、来てよかったわ」

「そうだな。こういう機会がないと、中々来られないからな」

「そうね。お互い一緒に休みが取れるなんて、滅多にない事だものね」

そう言って、彼女は直人の肩に手を回した。

「ありがとう、直人」

「ん？　まだ着いたばかりだぞ」

「ゆっくり楽しもうね。仕事の事は抜きにしてね」

にっこりと笑って彼女は直人の頬にキスをした。

直人もまた、彼女の艶やかな漆黒の髪にふれた。

「もう少し休んだら、お風呂に行って来ようかな。直人もそうしない？」

「そうする。久しぶりにゆっくり出来そうだ。だけど、もうちょっとこのままでいよう」

直人はヨーコの腰に手を回し抱き寄せる。

まんざらでもないのか、ヨーコも拒む事はなかった。

日常を忘れられる時であった。


旅行に行く事を、弟には告げていない。最近、すれ違いの生活が続いているためか、同じ部屋に住んでいるのにもかかわらず、殆ど顔を合わせない。

直人の仕事は時間が定まっていない上に、休みも不定期だ。隼人は学生である。朝と夜は家にいるはずなのに、最近どうも時間が合わない。大学四年生は暇であると聞いているが、バイトを許可した覚えはない。学生は勉学に励むものと、直人はバイトする事を許さなかった。学費を出しながらも、何とか直人の給料で生活出来ているからだ。

だのに、どうも隼人は大学以外で何かをしているらしい。確かめようにも話が出来なければ確認しようがないのだ。

忙しさにかまけていて、すれ違いの生活をしている。仕事で遅くなる事を、電話で話そうとしても、帰っていないのか全く出なかった。

結局、この旅行に行く事を、隼人に直接告げる事が出来なかった。

一応、書き置きはしておいた。気付くだろうか。

いつまでも子供ではない。二十歳を疾《とう》に超えた成人である事も承知している。しかし、直人は心配なのだ。

記憶を失った事がある、弟の事が。

あの事故の後、自分の事も家族の事も全く分からなかった弟。言葉さえも忘れ、殻に閉じこもってしまっていた弟。

酷く闇と雨を怖がる弟――。

そんな弟を日常生活が出来るようになるまで親身に介護したのは兄、直人である。

親と妹を亡くし、悲しみに打ちひしがれる暇もなく、彼は弟の面倒を見ていた。まだ高校生だった。

サッカー選手になる夢を諦め、彼は一つ一つ弟に教えていった。お前が何者で、自分が何者なのかを。弟に起こった事実を。

大変な時間と労力を費やして、直人は隼人をひとり前の人間になるまで育てたのだ。

実は、直人と隼人は、血が繋がっていない。

直人の母と、隼人の父が再婚した事により、彼らは兄弟となったのだ。再婚のきっかけは、妹を授かった事である。

それまで兄弟がいなかった直人にとって、隼人の存在は単純に嬉しかった。

早くに両親が離婚して、母とふたりで生活していた所に、父と弟そして妹まで授かったのだ。

憧れていた家族の情景。それが手に入ったのだ。

十年前のあの日、彼らの両親は新婚旅行を兼ねてバスツアーに参加したのだった。

それがこんな結果に。

今回、ヨーコと直人が宿泊する宿は、あの日両親と妹、そして隼人が泊まるはずの宿であった。

美しい風景を見る事もなく、両親は逝ってしまった。生まれたばかりの妹も——隼人も素晴らしい景色を見る事なく、重傷を負ってしまった。

彼らを奪った事故の真実を知るために、直人はここまで来たのだ。

事実は何なのか、それだけが知りたい。


ふたりは堤防沿いを歩いていた。

魚が泳ぐ姿が見えるほど透明な水が飛沫を上げながら流れていた。

「こっちに行ってもいい?」

淡いブルーのワンピースに、麦藁帽子姿のヨーコが堤防から降りていく。

岩がごろごろとした川原を転ばないように気をつけながら彼女は歩いていた。

「おーい、気をつけろよ。滑るぞ」

「分かってるわよ。大丈夫大丈夫」

鳥のように軽やかにヨーコは岩を飛び、さらさらと流れる水の中に手を入れた。ひんやりとした水が心地よい。彼女はおもむろに後ろにいた直人に水をかける。

「わ、何すんだよ」

「気持ちいいよ。こっちおいでよ」

「だからそんなに水をかけるなって」

子供に返ったようにふたりは水をかけ合った。

水遊びなどするのは何年ぶりだろう。子供の頃以来かもしれない。小学校高学年位の頃は、友達同士水をかけ合ってまで遊ぶなんて事はしなかったような気がする。

ヨーコはこんな田舎に来るのは少し嫌だった。何にもない、ショッピング出来る店もなければ、カラオケボックスすらない。娯楽という名のものとは全く縁のないさびれた温泉街。文字通り湯治場の風情を残した所であった。

それでも直人が誘ってくれたのだ。愛しい人とふたりだけで出掛けられるのは楽しい。

ここのところ、仕事が忙しく神経がささくれ立っていた。直人からの電話にも喧嘩口調で出てしまう。

ただ「逢いたい」との言葉なのに、つまらない事を理由にして喧嘩してしまう。

付き合うようになって二年。お互いの事をよく理解しているつもりでも、ほんの些細な事がすれ違いの原因になってしまう。

直人もそれを感じていたのだろう。だからこの旅行を計画してくれたのかもしれない。

言葉を交わさなければ、人の心を理解する事など出来はしない。

本当に愛し合っていれば、言葉なんかなくても心は通じるなどと言っている人間が、ヨーコは一番嫌いであった。

話し合わなければ、何も分からない。この二泊三日の旅行の間、ヨーコは直人と会話を楽しもうと決めていた。

折角静かな所に来たのだから。

ふたりは本当に子供のように遊んだ。

何もかもを忘れて遊んだ。

宿に帰る頃には全身ずぶぬれ。女将があらあらと言いながらタオルを用意してくれる。

苦笑しつつも、ふたりは風呂場に直行した。


翌日。

温泉街から少し離れた所にI市の市街地が広がっていた。市街地とはいうものの、場末の小さな商店街に毛が生えたようなものである。それでも市街化計画が着実に実行されているのか、田舎町の商店街とは趣の異なったビルが何棟かそびえ立っている。都内でも有名なブランドのアンテナショップなどが入ったショッピングビルだった。

そこにヨーコを連れて行く。

「別にいいけど、直人はどこ行くの？」

「ん？　ああ、I警察署に用事があってさ。顔を出さなきゃならないんだ」

「ふーん……」

明らかにヨーコの機嫌が悪くなった。

「仕事――じゃないから。少しだけなんだ。一時間もすれば戻って来られると思う。すまん、ここで時間を潰していてくれ」

「別にいいけどぉ。仕事のついでこの旅行を計画したんじゃないよね」

にっこりと顔は笑っていたが、ヨーコの目は笑っていなかった。こういう顔をしている彼女は怖い。

「そんな事ない。俺はお前の笑顔が見たいから、この旅行に誘ったんだ。それだけは分かってくれ。I署に行く方がついでなんだ」

「ふーん」

ビルの前にある歩道の上で、直人はヨーコの額にキスをした。

「ゴメン、必ず一時間で戻ってくるからな」

そう言って直人はヨーコを置いて走っていった。ひとりぽつんと彼女は立っている。

「んもう、ばーか」

と言いつつも、ヨーコは少し照れたような顔をしている。頬に朱が走っていた。

仕事が大事なのはお互い様よね、とつぶやき直人の行く先を目で追った。

直人の言葉には偽りがないのだろう。だけど、心とは反対の言葉を紡いでいる。ヨーコにもそれ位は分かっている。

だけど、
気付いていない振りをするのも、愛の形なのだ。

「じゃ、時間潰ししよーっと。本屋さんがあったよね」

直人の姿が見えなくなったのを確認してから、ヨーコはショッピングビルの中に入っていった。

I警察署に着いた直人は、早速資料室に案内された。担当官の林という刑事に会い、挨拶を交わす。

林は十年前の事故現場に真っ先に駆けつけたという。

年の頃は五十を超えているだろうか。太刀川よりももう少し年を食っているような印象を受けた。田舎の好々爺のような笑顔を浮かべて直人に資料の説明をしてくれた。

調書に目を通しながら直人はため息をついた。一応、事故原因は運転手の居眠りによる前方不注意とされている。

雨は降っていたとはいえ、見通しのよいカーブであった。対向車もいなかった事を考えれば妥当な説であろう。

運転手は事故によって亡くなっている。もちろん、他の乗客も隼人を除いて全員死亡しているのだ。この資料に記載されているものは現場に残されたブレーキ跡やバスの位置などから計算されたものだろう。

「改めて見ても、何も出てこないか」

そう、これらの事は事故被害者である直人には知らされていた事であった。バス会社からの説明会で同じ事を聞かされた。

「そんでもないに。折角ここまで来たんだで、もうちょっと見ていきな。こっちに写真もあるし。刑事っつう者はな、一つの目だけで世の中を見てはいかんのだに。別の視点から探ってみる事も面白いかもしらんでな」

林が笑いながら言った。ヤニで黄色く染まった歯が見えている。この辺り独特の方言は、どこか優しい響きであった。

「はぁ」

「一通り見たら声をかけてくんな。私はそこの椅子に座っておるで」

そう言って林が向かいの席に腰掛けた。直人はもう一度、今度は写真も重ね合わせて資料を見始めた。

十年前の事故現場の写真。

刑事にならなければ、絶対に見る事は出来なかったであろう。当時、マスコミが撮った写真や映像は見る事が出来なかった。この場所で両親が、妹が苦しんで亡くなったかと思うと、どうしても正視出来なかったのだ。

今は真実を知りたい。

一枚一枚丁寧にめくりながら、事故直後と見られる写真を見ていった。

道路・進行方向に向かって垂直に横倒しになった車体は大きくひしゃげ、ガラスが全て砕かれていた。衝撃で投げ出されたのであろう、乗客の体が路面に散らばっていた。それも、ヒトとしての形を留めているものが少ない。赤い液体が、濡れたアスファルトの上に零れている。

顔をしかめながら、直人はじっと写真を見つめた。

事故の後、隼人が記憶を失ってしまったのも無理はない。これほどまでに凄惨な現場だとは――。

どれだけの力が加われば、ヒトの体はここまで壊れてしまうのだろうか。

検死の結果は全身打撲によるショック死。

「ふーむ」

安っぽい椅子に背を預け、ぐっと伸びをする。

「どうだな？　進んどるかな」

「ええ、まあ」

「田村君は太刀川さんと組んどるのかな。あの人も一度ここに来たんだに」

「そうなんですか」

「そうだなあ、去年の今頃だったかな。やっぱり東京で同じような事件があったとか何とか言って資料を見てったに」

胸ポケットから煙草を取り出し、林はくわえた。

「兄《あに》さん、吸うかな」

「いえ、自分は吸いません」

「最近の若い人は吸わない人が多いんかな。愛煙家は肩身が狭くなってきたもんだ」

林が笑いながら煙草に火を付ける。薄い紫煙がゆっくりと天井に向かって漂っていく。

「その写真のな、十二番目を見てみ」

「あ、はい」

「面白いものが映っておるに」

言われたとおり、直人は十二番目の写真を取り出した。

それはアスファルトを撮ってあるものであった。何の変哲もない道路の表面。

が、そこには何か鋭いものでえぐられたような傷があった。五本の傷痕。

ブレーキの跡ではない。バスの部品でえぐられたのだろうか。

「これは？」

「さあねえ。分からないんだよ。鑑識の話じゃあ、バスの部品で付けられたものじゃないようだに。合致するものがないそうだ。でも、兄ちゃんはどこかで見た事あるだろう？」

「？」

「兄ちゃんは、あの生き残りの子の兄弟だってな。だったら、見た事あるだろう」

直人は、はっとした。

五本の傷痕。爪で裂かれた跡――。

それは、隼人の体に残された事故の刻印。

よく似ていた。

ヒトの体と、路面との違いはあれど、まるで手で引っかいたような痕跡はそっくりであった。

そして、東京で起きている連続殺人事件の被害者の体に残された傷痕にも――。

「説明のつかない物は無視されとる。俺も気になって色々調べてみたが、上からストップがかかったでな。事故あったあの辺は熊もおるから、熊が降りてきて襲ったんではないかと言われとる。だがな、ここだけの話――」

来い来いと手招きして、林がそっと直人に耳打ちした。

「熊は滅多にヒトを襲わん。あんな派手な事故の後ならなおさらだな。大きな音がしただろうからな。近くにおったら逃げ出すに。太刀川さんの言うように、何かが襲ったのかもしらん。それが何かまでは、分からんがね。少なくとも、この辺にはヒトを襲うような凶暴な野生動物はおらん」

ふーっと林が煙を吐き、手にしていた煙草をもみ消した。

「どういう意味ですか?」

「言葉どおりだに。ま、後は兄ちゃんが考える事だ。俺は資料を渡すだけ。気になった事があったらコピーしていきな。本当はいかんのだけど、そんな資料他に見る奴おらんから、大丈夫だな」

「あ、はい。ありがとうございます」

「そっちにコピー室あるから、誰もおらんうちにコピーしとけ。じゃ、終わったら声かけて」

そう言って林がもう一本煙草をくわえ、火を付けた。

「太刀川さんによろしく言ってな。また飲みましょうって伝えといて」

林は立ち上がり、ひらひらと手を振った。刑事課にいるからと直人に告げ、彼はよろよろと歩いていった。

直人はひとり、薄暗い資料室に残される。

あの日、何が起こって、今、何が起こっているのだろうか。

何故、真実を知らされないのか。

真実はあるのだろうか——。

直人の心には疑問だけが残った。


結局、I署での仕事はヨーコと約束した一時間どころか半日かかってしまった。流石《さすが》におかんむりの彼女の機嫌をとるために、ブランドショップで高い高いバッグを買ってあげた。

旅行の予算よりも高価であったが、いたしかたないと、直人はため息をついた。

二泊三日なんてあっという間であった。楽しい時間が過ぎるのは、何と早いのだろう。あれもしたい、これもしたいと考えているうちに、日程は終わりを告げようとしていた。

もう、東京に帰る日になってしまった。宿の女将に丁寧に別れを告げ、ふたりは温泉郷を後にした。

「早いなあ、明日から仕事が待っているなんて信じられないわ」

ため息混じりにヨーコが言った。I駅に向かうタクシーが、山道を走り抜ける。

木々の緑さえ、ふたりの帰りを惜しんでいるように見えた。

「ああ。仕事なんてしたくないな。こんな所でゆったりと暮らしてみたいよ」

ポロシャツ姿の直人は車窓を眺めている。

「この辺はこの辺で、結構大変ですよ。今の季節は気持ちいいですが、雪降っちゃうとね、出られなくなるから」

ふたりの会話を聞いて運転手が苦笑した。田舎暮らしは都会の人が思うほど楽ではないよとこぼしていた。

そうかもしれないね、とふたりは笑った。

そうこうしているうちに、タクシーはI駅に辿り着く。

そこで電車の到着を待っていると、一台の白いクルマがやってきた。

林のクルマであった。

クルマから林は降りて直人を呼び寄せる。ヨーコに断ってから、直人は彼のもとに駆け寄った。

「林さん、昨日はどうも」

「ああ、いいいい。さっき太刀川さんから電話があってな。兄ちゃんが寄ったんなら、持ってきてもらいたいものがあるって言ってたもんで」

「何でしょう」

白いビニール袋に入ったものを直人に手渡す。かちん、とガラスが触れ合う音がした。

「これな、この辺の地酒。これを頼まれたんだな」

「そんなー、悪いです。こんなもの受け取れないです」

「気にしなくてもいいんだに。まあ、こっちが本命だけどな」

そう言って林はもう一つの袋を取り出した。それは紙袋に入っており、その上にまたビニール袋で覆っている。

「太刀川さんに渡しておいてください。関連品だって言えば分かるようにしてあるで。じゃあ、兄ちゃん。元気でな。今度は遊びにおいで。またおいでなんしょ」

直人が恐縮して頭を下げる。

時間があるから、ホームまで送ってやるよと林が言って、直人達の荷物を持ってくれた。ヨーコの山のような荷物を見て、少し気の毒になったらしい。

更に恐縮して直人が頭をかいた。

ヨーコも同じように頭を下げる。

既に、快速列車がホームに到着していた。たくさんの荷物を網棚に載せ、林は電車から降りた。

「また来てな。今度は酒でも飲みましょう。仕事抜きでおいで」

「すみません、荷物まで運んで頂いて」

直人が何度も何度も窓越しに頭を下げる。

「気にしなくていいんだに。じゃあ、太刀川さんによろしく言ってください」

「はい、ありがとうございました」

「そちらこそ気をつけてくださいね」

出発のベルが鳴り始めた。電車の扉が閉じられ、ゆるゆると動き出した。

林が手を振っている。ヨーコと直人もまた、同じように手を振っていた。


一方、田村隼人は五十嵐の研究所に入りびたりであった。

ここでは、自分の研究が、理想の状態で行える。のめり込んでいるのであった。

研究所に勤め始めた頃は家に帰っていたのだが、最近は面倒になりここに泊まり込んでいる。

五十嵐もそれを止めはしなかった。神経細胞の実験が佳境に入ったからだ。他の研究員も何人か泊まり込んで実験を続けている。隼人が家に帰らなかった事を気にとめる者はいなかった。

何度か兄に連絡をしようと、家に電話をしたのだが留守だったようで繋がらない。

署の方に連絡を入れようかとも思ったが、もう自分は成人しているのだ。心配だったら、向こうから連絡するだろう。ここの電話番号は、家のテーブルの上に置いてきた。

最も、気付いてくれればの話であるが。

隼人は、くたびれた白衣を身に着けて、実験室へと足を運んだ。

実験は順調であった。

培養した神経細胞は、隼人の思惑通り金属と融合している。電気信号を通す事によって、まるで筋肉のように反応した。

電気信号を集積回路によって制御してやれば、金属はこちらの思う通りに動くだろう。

机上の空論と幸長教授に笑われた自分の論文が、このように形になっていく。

それも、予算にとらわれず、一流の設備を使っての研究だ。

これほど恵まれた環境はなかった。ついつい寝食を忘れて実験に没頭し、五十嵐や他の研究員に叱られてしまう事もしばしばであった。

五十嵐の提案により、隼人が培養した神経細胞は量産化され、実際のサイボーグ研究に使用される事となった。

別の研究員が、ヒトの神経信号をデジタルに変換する回路を作る実験に成功した。

これで、事故等で四肢を欠損した人に、滑らかに動く義肢を与える事が出来るであろう。

隼人は単純にそう考えていた。

医療用の義肢開発。そう説明されて隼人は五十嵐のラボで働く事にしたのだった。

実験が進むにつれ、ある違和感を覚えた。

週に一度行われるミーティングの中で、ある書類が全員に配られた。

十枚を一束にし、それが十五束あった。

J-012開発図・部外秘と書かれたA四判の紙。それは、ヒトを模したサイボーグの設計図であった。

CAD（コンピューター　エイディド　デザイン）で書かれたそれは、医療用サイボーグシステムにしては仰々しいものであった。

腕・脚・胸部など、それぞれのパーツごとにも詳しく図入りで説明されている。

一つ一つ目を通しながら、隼人は思わず声を上げそうになった。

医療用ではありえない物が全身に装備されている。

それは武器であった。

現在、どの国の軍隊でも実用化されていないレーザー兵器が大腿部に内蔵されている。腕には鋭利な針を打ち出す工作機器が組み込まれていた。大腿部にあるレーザー兵器を手に持ち替えた際、体内のエネルギーを送り込む回路まで付いている。

その他、数限りない武器が全身に埋め込まれている。

正に全身兵器。機動兵器であった。

末尾のページに描かれた、鋼に包まれた異形の姿。まるでB級映画に出てくるようなロボットそのもの。

設計図を一枚一枚丁寧に読んでいく。

そして、自分の研究がどうして五十嵐に必要なのか、自分がここで働くことになったのかを改めて知った。

全身武器の機動兵器は、ヒトの肉体が必要らしい。描かれた図にはヒトの神経組織と金属とが融合するようにと指令されている。

人間の体を改造するのだ。骨を金属で置き換え、人間の筋肉よりも遥かに強靭な高分子体で金属の骨格を支える。

必要なのは、ヒトの脳と内臓そして神経組織。未だヒトを超えられず、自立思考の出来ない電子回路の代わりに機動兵器に組み込むのだ。全身を制御する一回路として。

そのために、隼人の研究が必要なのだ。

ナノマシンを使って、金属を生きた細胞のように増殖させる――そして、神経細胞から発信された電気信号をナノマシンを用いて読み取り金属に伝える技術が必要なのだ。

会議は全く耳に入らなかった。司会者に指名されたが、何を言ったか覚えていない。

こんな研究に、自分は荷担していたのか。

ヒトを改造するなどという、神をも恐れぬ領域に自分は手を出していたのか。

体が震え始めていた。


誰かに肩を叩かれ、隼人は我に返った。後ろにいたのは五十嵐であった。

「どうした隼人君、顔色が悪いぞ」

「博士――」

「最近、家に帰っていないようだが、そろそろ疲れがたまっている頃ではないかな。ゆっくり休養を取るのも研究者の大事な役目だよ」

そう言って五十嵐がにこやかに笑った。それとは対照的に、隼人の顔色は真っ青であった。

「博士――これは、これはどういう事ですか！」

握り締めていた大量の書類がはらりはらりと床に落ちていく。

「……」

「僕は、ヒトを改造するために研究していたのですか。ヒトを武器にするために実験していたのですか」

今にもつかみかからんばかりの勢いで、隼人は五十嵐に詰め寄った。

五十嵐がバランスを崩して倒れそうになるのを、他の所員が受け止める。あっという間に隼人も若い所員に取り押さえられてしまった。

「博士、答えて下さいっ！」

湧き上がるのは怒りなのだろうか。

自分が抑えられなくなっていた。

胸の辺りから黒い塊のようなものが全身に広がっていくような感じがする。

若い所員に押さえ込まれながらも、隼人は絶叫した。

「そんな事のために、僕は研究していたんじゃない。医療用のためだと思っていたんだ」

五十嵐は所員達を軽く制する。と、彼らは隼人から静かに離れていった。

「分かった。隼人君――　君には全てを話そう」

寂しげな目で、五十嵐は隼人を見ていた。

「君に渡した設計図――あの件に関して君の意見を聞きたい」

「……」

「いや、ここにいる研究員には皆話してある事だった。君に何も伝えずにここにつれてきた事は詫びる。もし、気に入らなければここを辞めて大学に戻った方がよいと思ってな。意見を聞かせてもらおうと思ったのだよ」

「……」

「君はあの設計図を見てどう思うかね」

五十嵐は再び同じ質問を隼人にぶつけた。

隼人は何も言わなかった。

重苦しい沈黙が流れる。

隼人は言葉を発しようとするのだが、喉が引きつって上手く言えない。

「やはり、難しいかね」

「……」

「何も知らないのに、意見を言えと言うのが無理かな。順を追って説明しようか」

そう言って、五十嵐は語り始めた。

何故、ここでサイボーグ兵器の研究をしているのかという事を。

自分の実験が引き起こした事故と、逃げ出した生物の事を。

そして、今現在、その生物はヒトを襲っている事を。

生物を倒すには、ヒトの手では無理な事を。

ただし、十年前のバス事故には触れなかった。

隼人は五十嵐の言葉を一言も漏らさず飲み込んだ。

こんな事があったなんて――。

それも、情報が操作されて公開されていないなんて――。

すぐ隣に危険が潜んでいるのかもしれないのに。誰も知らない――。

真実を知っているのは、ここの研究者と、ごく僅かな関係者のみ。

隼人は思わず息を呑んだ。

「何という事を――」

「君に何も知らせなかった事は詫びよう。しかし、ここの実験を他人に漏らす訳にはいかないのだよ。人間だけではない、あいつらに知られてしまうかもしれない。君が合意できないのなら、君はここから去って貰うしかない。君がＮＯと言うのなら、君が行ってきた実験をこいつに組み込むのは止めておく」

五十嵐が設計図を叩きながら言った。その表情は寂しげであった。

五十嵐の中で、研究者としての悦楽とヒトとしての良心が鬩ぎあっているようであった。

実験が成功すれば、全く新しいタイプのサイボーグが出来上がる。金属と生体細胞とが融合し、集積回路で制御出来るサイボーグが。

しかし、そいつは全身兵器の塊である。「破壊」する事を義務として生まれてくるのだ。人類に敵対するものへの抑止力とはいえ、命を狩る事を命題にしているのだ。

止めて欲しい――。

五十嵐はそう思っているのかもしれない隼人に止めて欲しいのかもしれない。ここで隼人が降りれば、研究はしばらく滞るだろう。実質、中止になるかもしれない。

だが――。

一研究者の端くれとして、ここまで成果の上がったものを止めるのは勿体ないと思ってしまっている。

もし、ここで降りてしまったら、この研究が止まってしまったら、五十嵐の言う生物達による被害は広がっていくのだろう。

そう言えば、最近連続殺人事件が頻発していると兄が言っていた。あれらの事件は五十嵐が生み出した生物によって引き起こされたものなのかもしれない。だとしたら、一日でも早い対策が必要なのではないのだろうか。

だが――。

兵器を作る事は本当に正しいのだろうか。ヒトを改造してまで――。

「分かりません――。僕には分かりません」

「田村君」

「本当にこの手段が正しいのか、機動兵器を作る事が正しいのか――僕には分からないんです。だけど――」

「……」

「研究を続けたい自分がいるんです。研究に溺れる自分が――」

「田村君」

「しかし、一つだけ約束してください」

「約束？」

「この戦闘サイボーグが完成した暁には、この技術を応用した医療用義肢を作るという事を。お願いです」

隼人はまっすぐ五十嵐の目を見ていた。射抜くような光を保つその瞳に、思わず五十嵐は目を背けた。

この青年の背を押すのは自分。人の道から踏み外す行為を押し付けるのだ。

そしてまた、自分と同じように研究に溺れていく人間を作るのか――。

「……分かった。五十嵐健三の名にかけて誓う。早くこの研究を終わらせて、医療用義肢の製作に取り掛かろう。約束しよう」

「ありがとうございます」

五十嵐に向かって深々と頭を下げる隼人。礼を言うのはこちらだよと言って、五十嵐が頭を上げさせる。ため息をついてから、五十嵐は合意書を取り出し、隼人にサインをするように言った。

隼人は少しためらったものの、言われるとおりに署名、捺印した。

「ありがとう、田村君。協力に感謝するよ」

黙って隼人は一礼する。そして五十嵐の部屋を後にした。

「本当にこれでよいのだろうか。……いかん、やっぱりいかん！　だが、田村君がいなくてはもう実用化が立ち行かぬところまで進んでしまっている。私は、私は何という事を――」

五十嵐は隼人から受取った合意書を手にしたまま頭を抱え込んだ。

その研究論文に魅了されたのは事実だ。若さゆえの柔軟性に富んだ発想に魅せられた。

しかし、この研究に引き込んだ理由はそれだけではない。

十年前の事故の被害者――。

自分の不手際によって、引き起こされた事故の生き残り。兄以外の身内が全て亡くなり、記憶をも無くした彼が不憫でならなかった。

ここまで立ち直り、見事な論文を書くまでに成長した彼――。

同じ研究者として、思うように実験が出来る設備に入れてやりたかった。祖父が孫に贈り物をするような気持ちに似ている。

それが故に——隼人自身が苦しめられる事となろうとは。

因果は巡るのか——。

ずきり、と胸の奥が痛んだ。

「ぐうっ……」

背中に突き抜けるような痛みが五十嵐を襲う。息が止まりそうなほど苦しい。

それに耐えるように、手にした紙を握る。

「まだだ、まだ私は生きねばならぬ。若人に罪を重ねさせるわけにはいかんのだ——」

第五章　眩暈

翌日――

田村直人は休暇を終え、職務に復帰した。Ｉ署の林から託った土産を手にし、太刀川を探す。

直人よりも先に出勤していた太刀川は、自分のデスクに腰掛けて煙草をふかしている。

「太刀川さん」

「おう、田村か。どうだったよ、旅行」

「おかげさまで、いい情報が入りましたよ。あと、これは向こうの林さんから託ってきました」

そう言って直人が太刀川にビニール袋を手渡した。かちん、と硬いものが触れ合う音がする。

「あー。林のおっちゃん、気を使わなくてもいいんだが」

「林さんは、太刀川さんに頼まれたと言ってましたよ」

「……」

そ知らぬ顔をして太刀川は煙草をくゆらせた。

「まあいいさ。それより、話聞かせてもらおうか。お前の考えはどうなんだ」

ビニール袋を適当に机の中に押し込んで、太刀川が身を乗り出すようにして直人の話を聞き始めた。

直人は己の考えを一つ一つまとめながら、太刀川に話した。

言葉にする事によって、また新たな推理が浮かんでくる。

十年前の真実。

そして、十年前のあの日と、現在起こっている事件を繋ぐものはあるのだろうか。

あるとしたらそれは何なのだろうか。

ふたりで煮詰めていく。

やがて一つの結論に辿り着いた。

これらの仕業は、人の所業ではない。

証拠はないが、何か大きな獣に「食われた」と考えるのが妥当だと。

証拠さえあれば、上を納得させるだけの理論はある。

証拠だけがない。遺体に残された歯型だけでは、こんな突飛な理論にうなずいてくれる者などないだろう。

特撮映画でもあるまいに、と一笑に付されるのがおちだ。

「どうする、田村よ。お前はどうしたい」

「僕は、事実を知りたい。真実を知るためにならば僕は全てをかけてもいい」

「よし、そうとくればもう一度現場に行くか。何かあるかも知れんぞ」

「はい」

直人が腰を浮かしかけた時、内線電話がけたたましく鳴った。

直人が受話器を取ると、彼に面会したい人が来ているとの事であった。誰ですかと問うと、受付の人間はある男の名を告げた。

「えっ、本庁の柳田さんですか？」

思わず立ち上がり、敬礼をしてしまう。

「今、今すぐ行きます」

直人は取るものもとり敢えず駆け出した。そんな彼を太刀川が引きとめる。

「おい、田村。おまえ、あのお……いや彼と知り合いか？」

「はい、ウチの弟を助けてくれた人なんです。命の恩人なんです。あ、待たせても悪いので僕、行ってきます」

「あ、ああー」

いそいそと駆けて行く直人を尻目に、太刀川はポツリとつぶやいた。

「始末屋が出てきたか。という事はかなり核心に近づいてきたんだな。田村が言いくるめられなければいいが――」

胸ポケットから煙草を取り出す。火を付けると天井に薄い紫煙が広がっていった。


警察署前にある喫茶店で、柳田と直人は向かい合って座っている。リラックスしている柳田とは対照的に、直人はコチコチに固まってしまっていた。コーヒーを飲む仕草すらぎこちない。

柳田はサングラスを外していた。穏やかな笑みを浮かべて直人を見ていた。

「そんなに硬くならなくても結構ですよ。仕事のついでがあったから、こちらによってみただけです。弟さんはお元気ですか？」

「は、はい。お、お、おかげさまで」

「そうですか、それはよかった。心配だったんですよ。あんなふうに倒れていたのですから、どこか変なところを打ったのではないのかと思いまして」

落ち着いた物腰で、柳田が言った。

本庁のどの辺りのポストにいる人間なのだろうか。

所轄の一刑事がこうやって普通に話せる人間ではないのかもしれない。

「今、貴方は仕事が楽しいですか？」

「えっ？」

「田村君の仕事を拝見させてもらいましたよ。調書の作成は上手いですね。このまま現場での経験を重ねていくのが大切ですよ。がんばってくださいね。それと、今都内で頻発している連続殺人事件の担当だそうですね」

「ええ、まあ」

何を聞かれてもどぎまぎして、上手く応えられない直人は、コーヒーを何度も何度も口にする。しまいには何も入っていないカップに口をつけた。

「痛ましいあの事件、何か証拠はつかめましたか？」

「いえ、証拠はありませんがある程度推理は出来ました」

「そうですか。よかったら聞かせてもらえませんかね。同じ警視庁の人間です。悪を憎む心は貴方と同じつもりです。何か手掛かりがあれば、お知らせする事も出来ますし」

穏やかな笑みを浮かべながら柳田が問う。しかしその目は笑っていない。舞い上がっている直人はそれに気付かなかった。

「こんな事を言っても信じてもらえないです。まだ証拠が固まっていないですし」

「私は君の力になりたい。折角こうやってお知り合いになった上に、同じ組織で働いているのです。私に協力出来る事があれば、何でも言ってください」

「――あくまでも憶測なんですが……」

直人は先ほど太刀川と話し合った事全てを言葉を選びながらではあるが、柳田に伝えた。

全てを聞き終え、ふむーと柳田はため息をつく。

やはり突飛な考えであったかと、直人は思い慌てて否定する。

「これはあくまでも推測ですから、こんな話が現実にあったら困りますよね」

「そうとも言えないですよ。警察官たるもの、柔軟な発想は必要です。面白い仮説だと私は思いますよ。全ての可能性を否定してはいけません。私も出来る限りの事はします」

柳田が軽く頭を下げた。つられて直人が深々と下げる。

「お、こんな時間ですね。いつまでも拘束してすみません。私はそろそろ失礼します。貴方も自分の仕事をがんばってください」

そう言うと柳田は立ち上がり、テーブルの上にあった伝票をさりげなく持った。自分も払いますとの直人の言葉を制し、どこまでも落ち着いた振る舞いで去っていった。

直人はいつまでも彼の背を見つめていた。

「かっこいいなあ、あんな人になりたいなあ」

そうつぶやいて、直人もまた仕事に戻っていった。

黒塗りのクルマが、都内の喧騒を引き裂くように走っていく。

後部座席に乗っているのは、柳田誠一であった。

方向からして、本庁に向かっているのだろう。

サングラスをかけたまま、煙草をくゆらせている。時折車窓から見える都会のビルを眺めていた。

「目障りになってきたな。所轄の分際で、核心を突いてくるとは。流石に十年前の生き残りの関係者だけある。N県警の方まで顔を出すとは、やりすぎたようだよ。田村直人君」

ニヤリ、と柳田が笑った。無気味に唇が吊り上る。

「真実に近づく者は、真実に飲み込まれていくのがいいだろう。五十嵐が何と言うか——素材としては合致しているのだからな。後は不慮の事故でも起こってくれればいいのだが」

ふう、と一つ息を吐く。紫煙が広くはない車内に漂っていく。

「まあ、そこまで上手く事は運ばないだろうな。おい——」

煙草をもみ消しながら、柳田が運転手に声をかける。

「行き先を変える。五十嵐の所へ向かってくれ」

「承知いたしました」

黒塗りのクルマは、車線を変え右方向へと曲がり始めた。

天には重い雲が立ち込めている。今にも泣き出しそうであった。

今、この東京に何かが棲んでいる。
人ではない、何かが人を食おうと潜んでいる。
愚かなる人々は何も気付かず、あるいは気付こうともせず、生活をしている。
情報を操作されている事も知らずに。
隣にある危機を、知る事もなく——。
すぐそばにある恐怖に気付く事はないまま——。

第一部　了

あとがき

このたびは、私の本をお買い上げ頂き、誠にありがとうございます。

今でも夢のようです。まさか私の文章がこうやって本となり、一般書店で扱われるような形となるとは思っておりませんでしたので。

遡ること十数年前、機動刑事ジバンという作品に出会ったのは中学生の頃でした。その頃からずっとずっと頭の中で暖め、形となったのがこの話です。機動刑事ジバンという作品をモチーフに、その誕生秘話を形にしたものです。

中学生くらいといえば、最も多感な頃。この話の冒頭部分は当時のものに殆ど手を入れておりません。いかに私の心が世の中に対して暗いイメージを持っていたかが分かります。今はこんなに暗いストーリーで書き始めることなどしないのですが。

普通の人間が、「人を救うもの」へと変化する葛藤——ヒーローというものを通して見える社会と組織の矛盾を描こうとしているつもりなのですが、皆様にはどう映ったのでしょうか。

拙いものではありましたが、お楽しみいただけたら幸いです。

小説を書いている間、辛くて辛くて家事を二の次にしても怒らなかった我が夫、そして娘に感謝しています。家族の協力と励ましがなくては、ここまでがんばれなかったのかな、と思います。

最後となりましたが、この小説を世に送るにあたり、許諾してくださり、また写真使用を許してくださった東映株式会社他、諸関係者様、本当にありがとうございました。この場を借りてお礼申し上げます。

もう一度、皆様にお会いできる事を夢見ております。

『機動刑事ジバン』
原作・八手三郎
©東映

著者プロフィール

春華 聖（はるか しょう）

長野県に生まれる。
幼い頃より、特撮ヒーローが大好きであった。
本格的に創作活動を始めたのは、中学生の頃。
ジバンをこよなく愛している。
wedサイト
http://www.h5.dion.ne.jp/~iposhow

監修・東映

絶望と希望の狭間にあるもの

2004年1月15日　初版第1刷発行

著　者　春華 聖
発行者　瓜谷 綱延
発行所　株式会社文芸社
〒160-0022　東京都新宿区新宿1－10－1
電話　03-5369-3060（編集）
03-5369-2299（販売）

印刷所　株式会社ユニックス

ISBN4-8355-6368-9 C0093